Ein Herz auf Flügeln zart

Helen Abele

Ein Herz auf Flügeln zart

Planet Girl

1. Kapitel

Hektor wird leibhaftig und Lizzy macht im Nachthemd keine allzu gute Figur.

Hektor durfte nicht sterben! Ich hatte doch nicht Seite um Seite der *Ilias* verschlungen, um jetzt mitanzusehen, wie er von Achill getötet wurde! Gleich beim ersten Morgengrauen schob ich die schwere Bettdecke von mir. An diese harten Gänsekiele, die aus dem Bezug sticheln, werde ich mich nie gewöhnen … Bei uns zu Hause in Claddagh hat Mummy in die Zudecken nur feine Eiderentendaunen gefüllt. Das war aufwendig und für einfache Fischer fast ein ungehöriger Luxus. Aber so war Mummy eben. Wahrscheinlich lag das daran, dass sie selbst aus einer sogenannten »besseren« Familie kam.

Im Moment interessierte ich mich aber weniger für ungehörigen Luxus als für die Frage, ob Hektor überleben würde. Ich wollte aus dem Bett springen, doch das lange Leinennachthemd hatte sich mehrfach um mich gewickelt. Bei dem Versuch, mich zu entheddern, ohne dabei von der dick gepolsterten Matratze zu rutschen, sah ich durch das Fenster die Kirchturmspitze der St. Andrew's Church. Der hellgraue Stein, mit dem selbst die Dachflächen belegt waren, errötete bereits in der

Morgensonne. Es musste also bald sieben sein! Wenn ich mich beeilte, könnte ich es hinüber zur College-Bibliothek schaffen, ohne einem früheifrigen Studenten oder – was noch eher zu befürchten war – einem der Diener über den Weg zu laufen. Zum Ankleiden blieb dann allerdings keine Zeit mehr … Ob ich es wagen sollte, im Nachthemd zu gehen? Dann könnte ich mit dem zweiten Band der *Ilias* sogar gleich noch einmal für eine Stunde in mein warmes Bett schlüpfen.

Diese Aussicht war einfach zu verlockend! Ich warf einen kurzen Blick in den kleinen ovalen Spiegel über der Wäschekommode. Er zeigte mir nur mein Gesicht und den hohen Spitzenkragen. Hätte ich mich ganz sehen können, hätte ich es mir wahrscheinlich doch noch anders überlegt.

Vermutlich sah ich in dem bodenlangen Ungetüm von Nachtkleid aus wie das Gespenst von Tullynally Castle! Mummy hatte mir das Nachthemd zu meinem fünfzehnten Geburtstag geschickt und sie hatte sich wirklich viel Mühe damit gegeben! Aber anscheinend dachte sie, ich würde endlos weiterwachsen, denn ich konnte den Saum wie die Schleppe eines Brautkleids hinter mir herschleifen. Dafür waren die zart gehäkelten Spitzen der Ärmelbündchen und die weiß gestickten Blütenranken an der Schulterpasse umso eleganter. Beinahe wie die teure Weißwäsche bei Clery's im Schaufenster! Schade, dass ich Mummys Geduld für Handarbeiten nicht geerbt habe. Stattdessen habe ich die feinen kastanienbraunen Haare und die honigfarbenen Augen von ihr, während meine sechs Geschwister mit ihren feuerroten prächtigen Locken allesamt wie Dad aussehen. Nur die Sommersprossen, die hat Dad sehr gerecht an alle verteilt.

Für eine ordentliche Hochsteckfrisur war es nun auch zu spät, so kämmte ich mich einmal kurz mit den Fingern. Dann wickelte ich mir mein großes wollenes Tuch um die Schultern, raffte mein Nachthemd, um nicht zu stolpern, und huschte aus dem Zimmer.

Im Flur konnte ich Professor Simon Puddlewick leise schnarchen hören. Wahrscheinlich war er wieder über seiner Arbeit eingeschlafen. Und richtig: Als ich durch die halb offene Tür seines Arbeitszimmers spähte, sah ich den alten Herrn in seiner dunkelblauen Samtjacke auf dem kleinen lederbezogenen Sofa liegen. Auf und um ihn herum lagen Bücher und Papiere verstreut, die vergoldete Nickelbrille war ihm halb in den buschigen weißen Backenbart gerutscht. Ich widerstand der Versuchung, Professor Puddlewick mit dem heruntergefallenen Kaschmirschal zuzudecken, weil ich nicht riskieren wollte, ihn zu wecken. Obwohl er sicherlich Verständnis dafür gehabt hätte, dass ich unbedingt auf der Stelle und sofort den zweiten Band der *Ilias* von Homer brauchte. Schließlich hatte *er* mir den ersten Teil der spannenden Erzählung gegeben. Nicht im Original, die altgriechischen Verse hätte ich nicht verstanden. Doch auch die englische Übersetzung der Geschichte über den trojanischen Krieg las sich so spannend wie ein Abenteuerroman. Was Liebe für ein Unheil anrichten kann! Und diese Helena musste einfach zu schön gewesen sein … Jetzt verstand ich auch, warum der Professor vom antiken Troja so fasziniert war. Als junger Mann war er sogar bei den Ausgrabungen dabei gewesen! Und seine drei Söhne hatte er nach den tapfersten trojanischen Helden benannt: Hektor, Aeneas und Paris.

Professor Puddlewick versorgte mich mit Büchern, seitdem er mich dabei erwischt hatte, wie ich beim Abstauben in einem seiner dicken Geschichtsbücher blätterte. Zuerst hatte er sich gewundert, dass ein irisches Dienstmädchen lesen konnte, als er aber merkte, wie gierig ich alles verschlang, was er mir gab, fing er an, mich zu unterrichten. Das war vor gut zwei Jahren gewesen, kurz nachdem ich meinen Dienst bei den Puddlewicks begonnen hatte. Ich sollte für Ordnung sorgen und kochen, also all das tun, was ich zu Hause auch machte, um Mummy zu helfen. Sie hatte mich nur ungern gehen lassen, aber Dad verdiente einfach nicht genug für unsere Familie. Und Großvater, der ein angesehener Arzt in Galway war, rückte keinen Penny heraus, aus Ärger, weil Mummy diesen hübschen, aber armen Hummerfischer geheiratet hatte. Also mussten wir O'Faolain-Kinder mit dreizehn anfangen zu arbeiten, wie alle Kinder aus der Nachbarschaft.

Aber ein größeres Glück, als bei dem Bibliothekar des Trinity College in Dublin Hausmädchen zu werden, hätte ich gar nicht haben können! Wenn ich daran denke, was die anderen Mädchen für Schauergeschichten über ihre englischen Dienstherren erzählten!

Professor Puddlewick dagegen behandelte mich von Anfang an fast wie eine eigene Tochter. Vielleicht lag das daran, dass sein viertes Kind ein Mädchen gewesen war und jetzt genauso alt wäre wie ich. Aber dieses Mädchen und Professor Puddlewicks Frau sind beide an einer schrecklichen Krankheit gestorben, da war die Kleine gerade mal drei Jahre alt. Seitdem ist Professor Puddlewick wohl noch tiefer in seine Welt der Bücher und der Antike abgetaucht. Ich sorge mich immer ein bisschen, dass er eines Tages ganz darin verschwinden könnte. Er ist oft so abwesend!

Deswegen wunderte ich mich auch gar nicht, an den beschrifteten Messinghaken des Schlüsselschränkchens neben der Wohnungstür nur einen der beiden Bibliotheksschlüssel zu finden. Wahrscheinlich hatte Professor Puddlewick den anderen für den Osteingang noch in der Jackentasche. Oder er hatte ihn wieder in der Vorratskammer zwischen den Pastetenresten verlegt – wie vor Kurzem, als er noch spätnachts auf der Suche nach etwas Essbarem war.

Notgedrungen nahm ich also den Schlüssel zum Westportal, das von unserer Wohnung etwas weiter entfernt war, und huschte damit das Treppenhaus hinunter.

Das rote Backsteinhaus, in dem unter anderem die großzügige Wohnung der Puddlewicks war, gehörte noch zu den älteren Gebäuden des Trinity College. Rundherum lagen eine eigene Kapelle, ein Haus mit dem Speisesaal für die Studenten, das neue Museum, die Sportplätze, viele Wohn- und Unterrichtsgebäude, das sogenannte Theater, in dem sich die Prüfungshalle befand, und das beeindruckende Bibliotheksgebäude. Sogar ein eigener kleiner Glockenturm, der Campanile, ragte in einem der beiden Höfe, wo auf den gepflegten Rasenflächen herrliche alte Bäume wuchsen, in die Höhe. Vor genau dreihundertundvier Jahren hatte Queen Elizabeth I. die berühmte irische Universität gegründet, aber an den vielen modernen Neubauten konnte man sehen, dass wir 1896 – also fast schon im 20. Jahrhundert – lebten. Und wir wohnten mittendrin in dieser grünen gelehrigen Insel im Herzen der hektischen Hauptstadt Dublin! Vom Hauseingang bis zur Bibliothek war es nur ein Katzensprung von wenigen Schritten über den Hof.

Obwohl es bereits Anfang August war, fingen meine nackten Füße auf den Pflastersteinen sofort an zu frieren.

Wie ich erwartet hatte, traf ich auf der kurzen Strecke keine Menschenseele, nicht einmal eine Möwe. Trotzdem war ich ziemlich froh, als ich beim großen Portal seitlich des Bibliothekgebäudes angelangt war.

Die schwere Eichentür knarrte, als ich mich mit meinem ganzen Gewicht dagegenlehnte, um sie aufzuschieben. Still und verschlafen lag die große, etwas dunkle Eingangshalle des Treppenhauses vor mir. In ein paar Stunden würden hier die letzten Studenten und Professoren, die noch nicht in die Sommerfrische gefahren waren, mit leisen Ledersohlen die Marmorstufen auf und ab trappeln. Die Bücher befanden sich nämlich im ersten Stock – so konnte der Liffey, Dublins großer Fluss, keinen Schaden anrichten, wenn er über die Ufer treten sollte. Ein paarmal war ich schon in der Bibliothek gewesen, um Professor Puddlewick ein Lunchpaket oder eine Nachricht zu bringen, trotzdem verschlug es mir fast den Atem, als ich die Tür im Obergeschoss öffnete. An diesem frühen Sommermorgen wirkte der lichtdurchflutete Saal prächtiger als eine Kathedrale. Die klare Morgensonne legte einen rotgoldenen Schimmer über die hohen Wände, die aus Tausenden von Buchrücken zu bestehen schienen. Das Braun der Eichenholzeinbauten verschmolz mit den Erdfarben der Leder- und Pergamenteinbände zu einem gewaltigen Ganzen, vor dem ich mich plötzlich klein und demütig fühlte.

Links und rechts von dem schier endlosen Saal, dem Long Room, wuchsen die Regale in den Himmel. Sie standen quer in den Raum, sodass man von beiden Seiten an sie herantreten konnte. In jedem Abschnitt, den immer zwei Regale bildeten, gab es ein hohes Fenster, damit die Studenten an den Lesetischen in der Mitte des Long Room gutes Licht hatten.

Eine Galerie, auf der sich die Regale fortsetzten, führte in schwindelnder Höhe einmal um den ganzen

Raum herum. Man konnte auf engen Treppen an den beiden Enden hinaufsteigen.

An einer Schmalseite hatte sich Professor Puddlewick seinen Arbeitsplatz eingerichtet, sodass er gut die Lesetische und Vitrinen mit den ausgestellten wertvollsten Büchern überblicken und gleichzeitig in Ruhe seinen eigenen Forschungen nachgehen konnte. Hier oben war auch ich besonders gerne, aber heute wollte ich nur möglichst schnell meinen Homer finden und wieder verschwinden. Das war leichter gesagt als getan, denn in der College-Bibliothek gab es ungefähr zweihunderttausend Bücher und Professor Puddlewicks Lieblingsbeschäftigung war es, noch mehr Bücher dazuzukaufen! Deswegen hatte er auch begeistert das Ehrenamt der Bibliotheksleitung übernommen, als dieses frei wurde.

Jetzt stand ich in diesem Büchermeer und hatte keine Ahnung, wo ich anfangen sollte zu suchen. Etwas naiv war ich davon ausgegangen, dass die Bücher alphabetisch sortiert wären, aber schon an den ersten beiden Regalwänden konnte ich kleine Buchstaben von A bis Z entdecken. Im zweiten Abschnitt ging diese Beschriftung wieder von vorne los! Erst später erklärte mir Professor Puddlewick, dass man Bücher, die als Sammlungen gekauft wurden, nicht trennte. Jetzt blieb mir nichts anderes übrig, als auf gut Glück beim ersten H mit meiner Suche zu beginnen. Ich zog eine der schweren Leitern heran, von denen es an jeder Regalwand eine gibt, und kletterte die ersten Sprossen hinauf. Gut, dass diese Leitern in eisernen Schienen geführt werden und ich schwindelfrei bin. Das H war nämlich ziemlich weit oben! *Hoffmann, Hofmannsthal ... Hugo ...* Leise flüsterte ich die goldgedruckten Namen der Autoren vor mich hin. *Homer* hätte doch dazwischenstehen müssen! Mit dem Zeigefinger fuhr ich langsam an den ledergebundenen Buchrücken entlang. Die aufwirbelnden Staubkörner tanzten wie kleine Goldfischchen im Licht. Wahrscheinlich wartete das gesuchte Buch irgendwo in einem der zahlreichen anderen Fächer! Mit den Zehen tastete ich nach der Sprosse unter mir. Dabei verfing ich mich im Saum des verflixten Nachthemds, verlor das Gleichgewicht und wäre rücklings auf den Parkettboden gefallen ... wenn mich nicht zwei Arme aufgefangen hätten.

Vor Schreck wäre ich am liebsten ohnmächtig geworden, doch leider gehöre ich nicht zu den jungen Damen, die bei jeder Gelegenheit umfallen.

»Ich wusste gar nicht, dass wir jetzt auch ein Gespenst im Trinity College haben!«, sagte eine warme Stimme dicht neben meinem Ohr. Hektor! Aber nicht Hektor, der trojanische Krieger, sondern Hektor Puddlewick, der älteste Sohn des Bibliothekars!

»Hektor Puddlewick, was fällt dir ein, mich so zu erschrecken?« Ich versuchte, das Zittern in meiner Stimme zu überspielen.

Vorsichtig stellte mich Hektor wieder auf die Füße. »Ich habe mir gerade ein paar medizinische Abhandlungen für die Prüfungen angesehen. Und was fällt dem gnädigen Fräulein Elizabeth O'Faolain ein, in aller Herrgottsfrühe im Nachthemd wie ein Geist durch die Bibliothek zu schleichen? Wenn hier jemand Grund hatte, sich zu erschrecken, dann ich!« Hektors breiter Mund blieb ernst, aber an dem Funkeln in seinen sonst immer etwas traurigen schönen blauen Augen sah ich, dass er sich über mich lustig machte. Ich bemühte mich um eine möglichst würdevolle Antwort.

»Ich suche die *Ilias*, Teil 2. Das ist von einem gewissen Homer.« Um der Wichtigkeit meines Anliegens Nachdruck zu verleihen, machte ich einen Schritt auf das Regal zu.

Dabei fiel Hektor auf, dass ich weder Schuhe noch Strümpfe anhatte. »Lizzy, du wirst dich erkälten!«, sagte er nun mütterlich vorwurfsvoll und nahm mit einem zielstrebigen Griff den Homer aus dem gegenüberliegenden Regal. »Vermutlich meinst du dieses Buch? Die Übersetzung ist nämlich von einem gewissen Mr Wright. Darf ich dich jetzt zurückbegleiten? In diesem Aufzug möchtest du vermutlich keine anderen Studenten treffen …?« Hektor bot mir betont galant seinen Arm an. Nun konnte er sich ein spöttisches Lächeln nicht mehr verkneifen.

»Herzlichen Dank, aber lass dich beim Lernen nicht aufhalten. Den Weg finde ich auch alleine!« Ich schnappte mir das Buch, das mich in diese peinliche Situation gebracht hatte, raffte hastig die Stoffbahnen meines Nachthemds zusammen und schritt mit rotem, aber hocherhobenen Kopf zurück in die Wohnung.

2. Kapitel

Lizzy kocht »Bubble and Squeak« zum Mittagessen, obwohl (oder weil) Hektor es nicht besonders gerne isst.

Eigentlich wusste ich gar nicht genau, worüber ich mich an diesem misslungenen Augusttag so ärgerte. Über Homer, weil er meinen Helden tatsächlich sterben ließ? Meine schlimmsten Befürchtungen hatten sich bestätigt – schon nach wenigen Seiten war Hektor von Achill dreimal um die Stadt gejagt und dann getötet worden. Und die anderen trojanischen Krieger kamen, bis auf Aeneas, der später Italien gründete, auch nicht viel besser weg. Wütend hatte ich das Buch auf mein Nachttischchen gelegt und an die Zimmerdecke gestarrt. Um das zu lesen, hätte ich wirklich nicht so eine peinliche Figur vor Hektor Puddlewick abgeben müssen! Aber woher hätte ich auch ahnen sollen, dass er sich ausgerechnet so früh am Morgen in der Bibliothek herumtrieb? Wieso konnte er nicht wie alle anderen Studenten zu den regulären Öffnungszeiten um zehn Uhr am Vormittag kommen? Nachdem ich an der hohen Zimmerdecke außer ein paar langen, verstaubten Spinnwebenfäden nichts entdecken konnte, war ich aufgestanden, hatte den Puddlewicks ihr Frühstück bereitet und mich anschließend auf den Weg zum Markt gemacht.

Allerdings nicht, ohne zuvor mein grau-blau kariertes Baumwollkleid anzuziehen und mir in aller Ruhe eine ordentliche Hochsteckfrisur zu machen!

Normalerweise liebte ich den täglichen Gang in die Moore Street. Heute konnten mich jedoch die glänzenden Berge von frischem Obst und Gemüse, die Stände mit kandierten Früchten, Veilchen und anderen Blütenblättern und der warme Duft von frisch gebackenem Sodabrot und heißen *Scones* nicht aufheitern. Immer wieder schob sich die Erinnerung an Hektors spöttisches Lächeln in meine Gedanken. Unentschlossen ließ ich mir einen der ersten blassgrünen Kohlköpfe geben.

»Na, kleine Lady, was sind das denn für graue Wolken auf dem niedlichen Sommersprossengesichtchen? Noch etwas Brunnenkresse? Ein Süppchen daraus hilft bei Liebeskummer!« Die alte Händlerin hielt mir eine Handvoll der ovalen Blättchen direkt vor die Nase und lächelte mich erwartungsvoll und zahnlückig an.

»Dann ist Brunnenkresse für mich genau das Falsche. Wenn ich jemals Liebeskummer haben sollte, werde ich darauf zurückkommen«, lehnte ich ihr Angebot unwillig ab. »Ich bekomme noch ein Pfund Lauchzwiebeln und zwei Kilo Kartoffeln.«

Meine Laune besserte sich ein bisschen, als ich auf dem Heimweg eine ausgiebige Pause in der O'Connell Street machte, um bei Clery's in die Schaufenster zu sehen. Manchmal zeichnete ich die schönsten Modelle ab und schickte Mummy diese Bilder, damit sie sehen konnte, wie schick sich die Damen in Dublin kleideten.

Ehrlich gesagt hoffte ich auch, dass sie mir zum nächsten Geburtstag eines nähen würde. Heute hatte ich den kleinen Skizzenblock und meinen Grafitstift allerdings nicht dabei, aber das war auch nicht nötig. Die ausgestellten Sportkostüme wirkten hauptsächlich komisch, vor allem der dunkelbraune Samtanzug zum Fahrradfahren. Das zweireihig geschlossene Jäckchen mit den vier großen Knöpfen und den weiten Keulenärmeln war ja nicht weiter ungewöhnlich – aber die *Hose!* Eine weite Pluderhose, die auf Höhe der Waden eng zusammengefasst wurde, dazu schmale Lederstiefelchen, damit sich nichts in den Fahrradreifen verhaken konnte. Zum Totlachen! Das musste ich nicht für Mummy abzeichnen, sondern unbedingt meiner Freundin Mary zeigen!

»Da bist du ja endlich, ich warte seit über einer Stunde auf dich!«, begrüßte ich sie vorwurfsvoll, als sie gegen eins ganz außer Atem bei uns in der Küche auftauchte.

»Mama hat ihre Migräne heute etwas später als gewöhnlich bekommen«, entschuldigte sich Mary. »Und Miss Gray hat hartnäckig darauf bestanden, dass ich das Taschentuch fertig sticke. Tut mir wirklich leid, Lizzy, ich konnte nicht früher! Und ich kann auch gar nicht lange bleiben, Mama empfängt Freundinnen zum Lunch und will mich vorführen.« Sie wirkte ganz zerknirscht.

Ich ließ mein Messer zwischen die feinen Spitzkohlstreifen fallen und lief zu Mary, um sie zu umarmen. Jetzt schämte ich mich dafür, meine schlechte Laune an meiner liebsten Freundin auszulassen. Dabei war Mary Dempsey das großartigste Mädchen, das man sich denken konnte! Obwohl sie die Tochter des Provost, des College-Direktors war, hatte sie sich mit mir angefreundet. Vor zwei Jahren, gleich an meinem ersten Arbeitstag bei den Puddlewicks. Der Professor hatte mich mit einer Mitteilung für den Provost zu dessen Villa geschickt, die direkt hinter dem Eingangstrakt des College liegt. Ich stand damals ziemlich verlegen in der frostigen Eingangshalle und wartete auf eine Antwort von Provost Dempsey, als Mary, die fast auf den Tag so alt ist wie ich, ihr zwei Jahre älterer Bruder John und ihre griesgrämige Gouvernante Miss Gray vorbeikamen. John rempelte mich im Vorbeigehen an, sodass mir das Ledermäppchen für die Briefe aus der Hand fiel. Während John das gar nicht zu bemerken schien – wahrscheinlich hatte er mich sogar absichtlich gestoßen –, bückte sich Mary gleichzeitig mit mir nach dem Mäppchen, um es aufzuheben. Dabei trafen sich unsere Blicke und Mary lächelte mich entschuldigend an. Dieses Lächeln war der Anfang einer wunderbaren Freundschaft!

Und Mary riskierte viel für diese Freundschaft, obwohl sie eigentlich eher ein schüchterner Typ war. Wenn ihr eingebildeter Vater nämlich mitbekommen hätte, dass sie sich mit einem einfachen Dienstmädchen abgab, hätte er sie sicher sofort nach England auf ein Internat für höhere Töchter verschifft. Mary meinte, ein Gefängnis sei vermutlich ein Paradies gegen so eine Anstalt. Das alles schoss mir in diesem Moment durch den Kopf und so drückte ich Mary ganz fest an mich. Wieder einmal wunderte mich, wie dünn sie war. Während ich in den vergangenen zwei Jahren irgendwie fraulicher geworden war und dabei ganz normale, das glaube ich zumindest, geschwungene Formen bekommen habe, schien sich Mary eher rückwärts zu entwickeln! Mein Verdacht, dass sie einen heimlichen Kummer mit sich herumtrug, wuchs. Da sollte ich ihr nicht auch noch Vorwürfe machen!

»Entschuldige, Mary, aber heute ist so ein schrecklicher Tag und du warst und bist mein einziger Lichtblick und ich muss dir so viel erzählen!« Dann nahm ich Mary an den Händen und trat einen Schritt zurück, um zu sehen, ob sie mir böse war. Aber anscheinend war sie froh, dass ich nicht mehr wütend war, denn ihre großen blauen Augen leuchteten fröhlich in ihrem schmalen blassen Gesicht. Mit ihren blonden, vornehm gedrehten Löckchen und ihrem altrosa gestreiften Kleid wirkte sie wie ein Engel.

»Was gibt's denn so Dringendes?«, fragte sie neugierig.

Ich erzählte ihr mein peinliches Erlebnis in der Bibliothek in jeder Einzelheit. Als ich bei der Stelle war, als ich rückwärts von der Leiter gefallen bin, schlug sich Mary vor Schreck die Hand vor den Mund.

»O Gott, Lizzy, du Ärmste, das ist ja furchtbar!«

Dann musste sie bei der Vorstellung doch kichern. Dabei sah sie zu süß aus, denn jetzt konnte man sehen, dass an ihrem rechten Schneidezahn ein klitzekleines Eck fehlte. John hatte ihr, als sie noch kleiner waren, in einem Zornanfall einen Messingbriefbeschwerer nachgeworfen. Ich fand, dieser kleine Schönheitsfehler machte Mary erst perfekt, doch ihre Mutter war damals kaum zu beruhigen gewesen. Sie fürchtete, dass Mary im Wert gesunken sei und nicht die gewünschte »gute Partie« machen würde. John bekam deshalb von seinem Vater ordentlich den Hosenboden versohlt, wahrscheinlich das einzige Mal in seinem Leben, auch wenn er es sicherlich öfter verdient hätte!

»Er hat dich wirklich aufgefangen? So wie in den Liebesromanen?« Mary wollte diesen Teil der Geschichte noch ein zweites Mal hören. Und dann noch mal.

»So romantisch ist das nun auch nicht!«, meinte ich und schob ein paar Torfstücke in den Ofen, obwohl er längst heiß genug war und die geschälten Kartoffeln bereits fröhlich in ihrem Kupfertopf vor sich hin blubberten. Mary zwirbelte inzwischen träumerisch ihre Stirnlocken und überlegte laut vor sich hin: »Das ist kein Zufall, das ist Bestimmung … wenn Paris mich so in seinen Armen halten würde, ich würde wahrscheinlich kein vernünftiges Wort herausbringen. Vielleicht sollte ich trotzdem mal so früh am Morgen in der Bibliothek herumklettern.« Dazu muss man erklären, dass Mary seit dem Tag, als der frisch verwitwete Professor Puddlewick mit seinen Söhnen auf das College-Gelände gezogen war, für Paris, den jüngsten, schwärmte. Soweit eine Dreijährige schon schwärmen kann!

»Da kannst du schön länger in deinem warmen Bettchen bleiben und lieber von ihm träumen, denn Paris weiß wahrscheinlich nicht mal, was ein Buch ist«, neckte ich Mary. Paris sah mit seinen sechzehn Jahren zwar fast unverschämt gut aus und war immer fröhlich und lustig – aber beim Lernen stellte er sich zu Professor Puddlewicks Leidwesen sehr schusselig an und nutzte jede Gelegenheit, dem Unterricht seines Vaters zu entkommen.

»Da hast du recht. Es wird wohl beim Träumen bleiben«, seufzte Mary jetzt übertrieben traurig. »Paris wird sich sicher nie in mich verlieben ...«

Das war mein Stichwort. Ich habe Mary in den zwei Jahren unserer Freundschaft bestimmt mehrere hundert Mal versichert, dass sie sicher gute Chancen hätte, von Paris geliebt zu werden, und habe ihr das ausführlich an allen möglichen Beispielen belegt. Heute hatte ich keine Lust, das zu wiederholen, obwohl Mary es natürlich an dieser Stelle gerne gehört hätte. Ich sagte nur etwas ungeduldig: »Ich verstehe gar nicht, warum du das immer bezweifeln musst. Man weiß doch, ob man füreinander bestimmt ist oder nicht! Meine Eltern haben sich einmal gesehen und alles war klar – ganz einfach.« Mit Nachdruck schob ich ihr das Brett mit den Lauchzwiebeln über den Küchentisch. »So, und jetzt mach dich ein bisschen nützlich und schneide die Zwiebeln in feine Ringe. Als Frau Puddlewick wirst du vermutlich auch selbst kochen müssen. Dein Vater wird dich sicher enterben, wenn du nicht den Mann *seiner* Wahl heiratest!«

Dann erhitzte ich Wasser mit einer Prise Zucker und Salz in einer weiteren Kupferpfanne, um den fein geschnittenen Kohl kurz anzudünsten.

Mary zog brav das Gemüse zu sich heran und schnitt nachdenklich die langen grünen Enden der Lauchzwiebeln in viel zu große Ringe. Man konnte sofort sehen, dass sie zwar Taschentücher sticken konnte, sich aber normalerweise nicht in der Küche betätigte! Plötzlich wirkte ihr Porzellangesicht irgendwie schattig. Mit meiner Bemerkung hatte ich sie vermutlich an den grässlichen Lord Bouring erinnert – ein teigiger Dauerstudent, der wie ein Hündchen hinter Provost Dempsey herdackelte. Diesen Schleimer wollte Dempsey sicher gerne als Schwiegersohn – nur weil er reich und adelig war! Mary hatte es sichtlich eilig, das Thema zu wechseln. »Jetzt gib's doch mal zu, Lizzy: Dein schicksalhaftes Zusammentreffen mit Hektor in der Bibliothek kann nicht spurlos an dir vorübergegangen sein. Er ist doch so ein kluger Bursche und so fein! Findest du etwa, dass er zu alt ist? Mich würden die drei Jahre Altersunterschied nicht stören. Wenn ich nicht in Paris verliebt wäre … Oder gefällt dir vielleicht Aeneas besser? Auf dem Hockeyplatz macht der wirklich eine großartige Figur.«

»Ich finde alle Puddlewicksöhne nett. So nett wie

meine Brüder«, antwortete ich, um Marys Überlegungen zum Abschluss zu bringen.

Aber sie ließ nicht locker und bohrte nach: »Hattest du denn heute früh gar kein bisschen Herzklopfen?«

»Natürlich hatte ich Herzklopfen, zum Glück. Wenn es nämlich nicht klopfen würde, würde ich hier nicht stehen und *Bubble and Squeak* zum Mittagessen kochen!«

Mary warf das wurzelige Ende einer Lauchzwiebel nach mir. »Lizzy, du bist furchtbar! Du musst dich doch auch endlich einmal verlieben!«

Ich beugte mich über den Tisch. »Ich werde mich bemühen und dir sofort Bescheid geben. Bis dahin glaube ich allerdings fest daran, dass die Liebe nicht leise auf Schmetterlingsflügeln daherflattert, sondern mich treffen wird wie ein Blitzschlag. Und den betreffenden Herrn auch. Da gibt es kein *ein bisschen* oder *vielleicht* – so was weiß man doch!«

»Was weiß man doch?«, fragte eine volle Stimme hinter uns.

Völlig unbemerkt war Paris in die Küche getreten. Jetzt war es an Mary, rot zu werden. Wie lange hatte er uns schon zugehört? Hatte er mitbekommen, was sie über ihn gesagt hatte? Dieser Tag schien auf Peinlichkeiten abonniert zu sein!

Paris näherte sich dem eisernen Herd und hob neugierig schnüffelnd den Deckel der Kupferpfanne. Prompt verbrannte er sich die Finger und ließ den Deckel scheppernd fallen. Der dumpfe Geruch des halb garen Spitzkohls stieg mit einer kleinen Dampfwolke nach oben und verbreitete sich in der Küche.

»Man weiß doch, dass man einen heißen Topf besser mit einem Topflappen anfassen sollte!« Ich versuchte, das Gespräch in eine lustige Richtung zu lenken. Mary starrte angestrengt auf ihre Zwiebeln und schnitt sie nun in millimeterfeine Streifen. Paris drehte sich zu ihr.

»Hallo, Mary. Was für eine hübsche Küchenhilfe Lizzy neuerdings hat! Gibt es denn etwas Feines zum Mittagessen? Ich habe einen Bärenhunger und Hektor und Aeneas kommen auch gleich.«

Mary konnte nun nicht mehr anders, als ihn anzusehen. Sie wurde noch eine Spur röter, was ihr ausgesprochen gut stand. »Ähm … ähm …« Hilfe suchend schaute sie zu mir, aber ich war ein bisschen gemein und stach ganz konzentriert in die Kartoffeln. Sie waren fast weich, deswegen erhitzte ich in einer weiteren Pfanne Schweineschmalz.

»Also, es gibt Lauchzwiebelringchen …«, stotterte Mary.

Paris lachte sie herzlich an, wobei seine braunen Augen funkelten. »Lauchzwiebelringchen zum Lunch? Kein Wunder, dass du immer dünner wirst.«

Nun musste ich meiner Freundin doch helfen. Ich nahm das Brett mit den ungleichen Zwiebelringen an mich und schob sie in das brutzelnde Fett. Dazu erklärte ich: »Wir kochen *Kolcannon.* Oder *Bubble and Squeak,* wie ihr Engländer sagt.«

Jetzt verzog Paris enttäuscht seinen wohlgeformten Mund. »Nur *Bubble and Squeak?* Was ist dir denn für eine Laus über die Leber gelaufen? Du weißt doch, dass das keiner außer Papa mag. Und Hektor würgt es schon allein beim Geruch von Kohl! Mary, sag deiner Freundin, dass sie etwas anderes kochen soll.«

Mary ergriff natürlich für Paris Partei. »Du hast doch bestimmt noch eine von deinen leckeren Pasteten in der Speisekammer?«

»Wem nicht passt, was ich koche, der muss sich selbst etwas machen«, beendete ich die Diskussion und goss so schwungvoll aus einem Keramikkännchen Milch in die Pfanne, dass sie herausschwappte und zischend auf der glühenden Herdplatte verdampfte.

3. Kapitel

Es gibt wirklich nur »Bubble and Squeak« zum Mittagessen und Professor Puddlewick kommt spät, aber mit aufregenden Neuigkeiten.

Hektor versuchte, eine Zeit lang geduldig die feinen Kohlstreifchen aus den zerdrückten Kartoffeln zu klauben, dann gab er diese Cinderella-Arbeit auf und schob den Teller von sich. Trotzdem kam kein Wort des Vorwurfs von ihm. Seitdem wir uns gemeinsam im Esszimmer an den ovalen Tisch gesetzt hatten, war er überhaupt recht schweigsam. Was mir nur recht war!

Jetzt verstand ich plötzlich, warum ich heute den ganzen Vormittag so angespannt und nervös gewesen war: Ich hatte mich vor unserer ersten Begegnung gefürchtet! Wie würde sich Hektor mir gegenüber verhalten? Möglicherweise bekam ich eine leise, aber strenge Standpauke zu hören, weil ich mich verbotenerweise und zu allem Überfluss auch noch unangemessen gekleidet in die Bibliothek geschlichen hatte. Oder würde er Witze über mich machen und allen erzählen, dass das Puddlewick'sche Hausmädchen im Nachthemd von Leitern plumpste? Wäre ich einem seiner Brüder in die Arme gefallen, wäre die peinliche Angelegenheit *das* Tischgespräch für die nächsten Wochen gewesen, da war ich ziemlich sicher. Ich merkte, dass ich Hektor überhaupt nicht einschätzen konnte, obwohl ich nun schon so lange fast wie eine Schwester neben ihm lebte. Im Moment ließ Hektor mich zappeln, indem er gar nichts Außergewöhnliches machte, was ich fast am schlimmsten fand.

Er sagte einfach nur: »Hallo, Lizzy. Vater lässt ausrichten, dass wir ohne ihn anfangen sollen. Er wurde kurzfristig in einer dringenden Angelegenheit zu Provost Dempsey bestellt«, und breitete seine Serviette über den Knien aus.

»Ich weiß gar nicht, was heute mit unserer Lizzy los ist. So scheußlich hat sie noch nie gekocht«, sagte Paris vorwurfsvoll. Gleichzeitig kratzte er mit dem großen Löffel die Reste des *Bubble and Squeak* aus der fein geblümten Porzellanterrine.

»So schlimm kann es ja nicht schmecken, sonst hättest du nicht dreimal nachgenommen«, verteidigte mich Hektor unerwartet. »Hier, das kannst du auch gerne haben.« Dabei schob er seinem jüngeren Bruder den eigenen Teller hin. Jetzt bedauerte ich es doch ein bisschen, dass ich nicht wie gewöhnlich mehrere Gänge zubereitet hatte!

Bevor Paris nach Hektors Portion greifen konnte, schnappte sich Aeneas den Teller: »Nur immer her damit. Nach dem anstrengenden Spiel heute esse ich alles, egal, wie es schmeckt!« Aeneas war direkt vom Sportplatz zum Essen gekommen und hatte noch sein dunkelgrün-blau geringeltes Hemd und die geringelten Strümpfe zu den knielangen weißen Hosen an, was ihm zu seinen verstrubbelten dunkelblonden Haaren ausgesprochen gut stand. Mit hoffnungsvollen grünen Augen schaute er mich fragend an: »Außerdem gibt's doch bestimmt noch eine besonders gute Nachspeise?«

Jetzt kam ich etwas ins Stottern, weil ich ihn enttäuschen musste. Dieses Mittagessen war im Vergleich zu sonst wirklich dürftig ausgefallen! Aber bevor sich Aeneas und Paris ausgiebig über die schlechte Behandlung beschweren konnten, fiel ihnen Hektor ins Wort.

»Vielleicht hat Lizzy heute etwas Wichtigeres zu tun gehabt, als zu kochen?«, meinte er und blinzelte mir mit einem kaum sichtbaren Lächeln zu.

Mir schoss das Blut in die Wangen. Hektor hatte sich die Geschichte also gewissermaßen als Nachtisch aufgehoben und würde jetzt doch gleich alles brühwarm und genüsslich erzählen!

Mit vollem Mund fragte Paris: »Was gibt es Wichtigeres als ein vernünftiges Essen?«

»Wo bleibt eigentlich euer Vater?«, versuchte ich, das Thema zu wechseln. »Das muss ja ein interessantes Gespräch sein …«

»Wirklich, Lizzy, du musst gar nicht ablenken! Du schuldest mir noch eine Antwort: Was gibt es Wichtigeres, als uns mit einem leckeren Essen glücklich zu machen?«, hakte Paris nach.

»Lesen«, antwortete Hektor, bevor ich etwas sagen konnte.

Ich zog den Kopf zwischen die Schultern und hielt die Luft an. War das die Einleitung? Hektor schien die Situation richtig auszukosten. Ich kam mir vor wie eine Maus, die von samtigen Katzenpfoten hin und her geworfen wird und dabei genau weiß, dass sie früher oder später doch gefressen wird.

»Es soll Menschen geben, die für ein bestimmtes Buch alles stehen und liegen lassen würden«, fuhr Hektor fort. *Jetzt, gleich ist es so weit. Nun friss mich doch endlich,* dachte ich.

»... auch wenn *du* sicher nicht zu diesen Menschen gehörst. Und hör endlich damit auf, das Messer abzulecken.« Angewidert sah Hektor Paris an.

»Es können ja nicht alle so schlau sein wie du, *Mama* Hektor!«, rief dieser fröhlich und schleckte extra noch mal über die silberne Schneide.

Aeneas fing an loszuprusten. Dadurch angespornt ließ Paris das silberne Messer klirrend auf den Teller fallen, sprang auf und tanzte um den großen Tisch, bis er hinter mir stand. Völlig unerwartet kniff er mich von hinten in die Seiten.

»Unsere liebe Lizzy wird eines Tages ihren Mann mit ihren Kochkünsten bezaubern und nicht damit, dass sie ihre hübsche kleine Nase zwischen faden Buchseiten versteckt. Vielleicht heirate ich sie ja dann!«

Obwohl ich gar nicht wollte, musste ich lachen, weil ich ziemlich kitzelig bin.

Aeneas mimte den Empörten: »Lizzy, das würde ich dir nie verzeihen! Wenn du dich wirklich trauen solltest, einen Puddlewick zu ehelichen, dann musst du mich nehmen!«

Jetzt musste ich noch lauter lachen, zum einen weil Paris nicht aufhörte, mich zu kitzeln, zum anderen weil Aeneas so übertrieben treuherzig schaute.

Abrupt stand Hektor auf und fing an, das Geschirr zusammenzuräumen. Natürlich wäre das meine Aufgabe als Hausmädchen gewesen, aber wie schon gesagt: Bei den Puddlewicks war alles anders. So anders, dass ich mich wirklich als Familienmitglied fühlen durfte. Als Hektor meinen Teller nahm, streiften sich unsere Blicke kurz. Und plötzlich wusste ich sicher, dass Hektor sich nicht über Lizzy-im-Nachthemd-auf-Bücherjagd lustig machen würde. Nie und nimmer.

Auf dem Weg in die Küche erinnerte er seinen jüngsten Bruder an die Hausaufgaben, die er noch zu machen hatte. »Hol dein Lateinbuch, dann kann ich deine Übersetzung kontrollieren. Und Aeneas soll dich später Vokabeln abfragen, bei der Gelegenheit verlernt er in den Ferien nicht alles«, sagte Hektor im Hinausgehen. Paris bekam immer noch Privatunterricht von seinem Vater, während Aeneas schon die Aufnahmeprüfung zum Grundstudium geschafft hatte.

Paris schnitt hinter Hektors Rücken eine sehr freche Grimasse und Aeneas prustete von Neuem los. Zwischen dem lauten Gelächter, das für Hektors Ohren bestimmt war, flüsterte er Paris geheimnisvoll zu: »Wir treffen uns unten im Hof, ich habe da etwas, was dir gefallen wird.« Dazu legte er seinen Zeigefinger auf die

Lippen, um mir zu bedeuten, dass es sich um ein großes Geheimnis handelte.

Ich nahm mir vor, zum Tee einen extragroßen *Apple Crumble* mit Zimt und Nelken zu backen.

Aeneas und Paris schlichen wie Indianer auf Zehenspitzen zur Esszimmertür, sie hofften wohl, auf diese Weise zu entkommen. Aber Hektor kannte seine Brüder. Er war inzwischen durch die Küche in den Flur gegangen, stand drohend mit erhobenen Armen hinter der Tür und rief: »BUUHH!«, genau in dem Moment, als sie sich davonstehlen wollten. Die beiden fuhren vor Schreck zurück und gingen dann gemeinsam auf Hektor los, der sie wieder ins Zimmer scheuchte. Es gab eine herrliche kleine Rauferei auf dem Esszimmerteppich, wobei ich mich der Gerechtigkeit halber – und aus stiller Dankbarkeit für seine Diskretion – auf Hektors Seite schlug. Außerdem freute ich mich immer, wenn er so fröhlich war. Meiner Meinung nach durfte auch ein Achtzehnjähriger ruhig mal etwas kindisch sein.

Unser ausgelassenes Gelächter wurde von Professor Puddlewicks Stimme übertönt: »Wie schön, meine Lieben, euch so heiter zu sehen!«

Keiner von uns hatte bemerkt, dass er ins Zimmer gekommen war. Denn die dicken dunkelroten Orientteppiche, die zum Teil in mehreren Lagen auf den Fußböden verbreitet lagen, schluckten jeden Schritt.

Professor Puddlewick zog seinen schwarzen Gehrock aus, strich ihn glatt und legte ihn sorgfältig über die Sitzfläche eines Stuhl. Dann ließ er sich daraufsinken und schien gar nicht zu bemerken, dass er nun auf seiner Jacke saß und sie dabei verknitterte. In Gedanken fügte ich »Bügeln« zu meiner Liste der nachmittäglichen Aufgaben dazu.

Eine Zeit lang schaute Professor Puddlewick dem Getümmel auf dem Boden nachdenklich zu. Dann räusperte er sich. »Hektor, wärst du so freundlich, für einen Moment unter deinen Brüdern hervorzukommen? Ich habe dir etwas Dringendes mitzuteilen.«

»Dann sag das deinen ungezogenen Nachkommen!«, keuchte Hektor unter dem Gewicht von Aeneas und Paris, die rittlings auf ihm hockten, während ich von hinten an Paris' Hosenträgern zog.

»Aeneas und Paris, gebt mal einen Augenblick Ruhe, ihr könnt später weitermachen«, ordnete Professor Puddlewick mit einer Stimme an, die er wohl für streng hielt. Die beiden Angesprochenen ließen sofort von Hektor ab, aber nicht aus Respekt vor ihrem Vater, sondern weil das die Gelegenheit zu sein schien, unbemerkt in den Hof zu verschwinden. Ich ging in die Küche, um das warm gestellte Mittagessen für den Professor zu holen, wobei ich die Tür möglichst weit offen ließ, damit ich alles hören konnte.

»Lass hören, Vater.« Hektor strich sich die zerzausten Haare aus dem Gesicht, stopfte hastig sein weißes Hemd ordentlich zurück in den hohen Hosenbund und setzte sich neben seinen Vater an den Tisch. »Hat es mit deinem Gespräch mit Provost Dempsey zu tun?«

»Richtig, mein Junge. Dem College steht eine große

Ehre bevor: Queen Victoria wird am 3. Oktober zu Besuch kommen! Sie möchte alle Orte, die sie bei ihrem letzten Besuch mit ihrem verstorbenen Mann besichtigt hat, noch einmal sehen. Natürlich auch die Bibliothek mit ihren Schätzen. Und am Abend soll es einen prächtigen Ball in Dempseys Haus geben.«

Ich verteilte dicke Stücke Butter über den Kartoffelkohlauflauf, der im Ofen etwas trocken geworden war, und spitzte die Ohren. Ein Ball! Das war wirklich eine aufregende Nachricht, die ich umgehend mit Mary besprechen musste. Noch dazu, wo er bei ihr zu Hause stattfinden sollte!

Anscheinend sah Hektor das anders. »Das ist schön für alle, die gerne tanzen. Also nicht für mich«, meinte er ungerührt. »Aber Dempsey will doch etwas anderes als uns zum Ball einladen, oder?«

»Wieder richtig. Wie wir wissen, liebt die Queen Bücher und hat schon selbst einige verfasst. Provost Dempsey möchte ihr etwas Besonderes schenken.«

»Eine gute Idee. Frauen freuen sich über Geschenke, das soll er ruhig machen.«

»Nein, mein Lieber. *Du* sollst es machen.«

4. Kapitel

Professor Puddlewick lässt sich sein spätes Mittagessen schmecken, dabei stellt er seinen Ältesten vor eine unlösbare Aufgabe und Lizzy wird gleich zweimal liebevoll angelächelt.

Über das kleine Kartoffelkohlgebirge rannen weiße Bächlein aus geschmolzener Butter. Mit dem gefüllten Teller, den ich zwischen zwei Stoffservietten trug, eilte ich zurück ins Esszimmer. Ich musste unbedingt jedes Wort mitbekommen! Provost Dempsey wollte Queen Victoria ein Geschenk machen, das Hektor anfertigen sollte, so weit hatte ich alles verstanden.

»Vorsicht heiß!«, mahnte ich den Professor, als ich den dampfenden Teller vor ihn auf die weiße Tischdecke stellte.

Genüsslich zog Professor Puddlewick den aufsteigenden Dampf ein. »Hmm, herrlich. *Bubble and Squeak* oder *Kolcannon*, wie ihr Iren dieses schmackhafte Gericht nennt. Manchmal ist das Einfache wirklich besser als das Komplizierte – wie bei den Menschen auch. Genau das Richtige nach diesem unangenehmen Gespräch mit dem überkandidelten Dempsey.« Er lächelte mich liebevoll an. »Du bist ein Schatz, liebe Lizzy! Setz dich zu uns, Kind, vielleicht kann uns dein gesunder Menschenverstand noch nützlich sein.«

Wenigstens einer, der sich heute über mein Essen freute!

Hektor wurde ungeduldig. »Nun sag schon, Papa, was möchte Provost Dempsey der Queen schenken?«

»Das *Book of Kells.*«

Hektor und ich erstarrten. Das *Book of Kells* ist ein handgeschriebenes Evangelium aus dem frühen Mittelalter. Es sind nur sehr wenige Bücher aus dieser Zeit so gut und vollständig erhalten – aber das *Book of Kells* gilt noch dazu als das schönste von allen. Das Trinity College ist sehr stolz darauf, diesen Schatz neben der ältesten Harfe Irlands in seiner Bibliothek aufbewahren zu dürfen.

Professor Puddlewick verstand unsere erstaunten Blicke und fügte erklärend hinzu: »Natürlich nicht das Buch selbst. Aber die Queen war bei ihrem ersten Besuch so angetan davon, dass sie und Prinz Albert sogar ihre Unterschriften hineingeschmiert haben. Dempsey will ihr eine Kopie überreichen.«

Hektor sank auf seinem Stuhl etwas zusammen. »Ich ahne, wer nun diese Kopie anfertigen soll …«

Dazu muss man erklären, dass Hektor ein geradezu begnadeter Zeichner war. Im Jahr zuvor, als er wie alle anderen Studenten zuerst den Bachelor of Art abgeschlossen hatte, bevor er mit dem Medizinstudium beginnen konnte, hatten seine Arbeiten bei der Jahresausstellung großes Aufsehen erregt und den ersten Preis gewonnen. Provost Dempsey hatte die Urkunde an Hektor überreicht, allerdings mit säuerlicher Miene und grün vor Neid im Gesicht, weil sich für die kümmerlichen Zeichnungen seines eigenen Sohns John kein Mensch interessierte.

Professor Puddlewick tupfte sich mit der Serviette den Mund ab und nahm einen großen Schluck Weißwein. »So ist es, du sollst das *Book of Kells* kopieren, aber ich habe eine gute Nachricht: Ich konnte Provost Dempsey davon überzeugen, dass diese Aufgabe in der kurzen Zeit von zwei Monaten beim besten Willen nicht zu bewältigen ist. Deswegen möchte er nur das Johannesevangelium!«

Hektor sank noch weiter in sich zusammen. »*Nur* das Johannesevangelium. Mit dem Porträt des Heiligen und der großen Schmuckseite *Am Anfang war das Wort* natürlich! Hast du nicht selbst einmal gesagt, dass die Mönche, die das Buch gemalt haben, vermutlich Jahre daran gearbeitet haben?! Vater, das würde ich in acht Monaten kaum schaffen, geschweige denn in acht Wochen! Du weißt doch, dass ich gerade jetzt besonders viel lernen muss. Wenn das neue Studienjahr wieder anfängt, will mich Professor Stoker prüfen. Am 2. Oktober ist der Termin für das Kolloquium. Das ist *die* Chance, bei ihm Assistent zu werden und operieren zu dürfen!«

»Diese Bedenken habe ich dem Provost natürlich auch mitgeteilt. Deswegen stellt er dir einen Assistenten zur Seite. Allerdings fürchte ich, du wirst darüber nicht besonders begeistert sein. John Dempsey soll dir helfen.«

Es gab einen dumpfen Schlag, als Hektor seine Stirn auf die Platte des Esstischs fallen ließ.

»John Dempsey.« Hektor hob den Kopf und sagte mit so viel Verzweiflung in seiner Stimme, dass ich ihn am liebsten tröstend in den Arm genommen hätte: »Ich fasse es nicht! Mit diesem Tölpel an der Seite brauche ich doch doppelt so lang. Das macht der Provost nur, damit er hinterher behaupten kann, die Arbeit sei von John. Vater, sag, dass das nicht wahr ist!«

Professor Puddlewick schüttelte traurig den Kopf.

»Kann Hektor den Auftrag nicht ablehnen?«, fragte ich in das betretene Schweigen. »Schließlich sind seine Prüfungen wichtiger als ein hübsches Geschenk für die Königin, das am Ende doch nur in irgendeinem Regal verstaubt!«

»Natürlich steht es Hektor jederzeit frei, abzusagen«, antwortete Professor Puddlewick. Man konnte ihm jedoch ansehen, wie sehr ihn dieser Gedanke bedrückte.

Hektor musste etwas nachhaken, bis Professor Puddlewick herausrückte, womit Provost Dempsey ihn unter Druck setzte.

»Wenn Hektor nicht zum Termin eine ordentliche Arbeit abliefert, wird nächstes Jahr die Leitung der Bibliothek an Professor Wood übertragen.«

»So eine Gemeinheit! Dempsey weiß haargenau, dass Hektor das niemals zulassen würde!«, entfuhr es mir. Die Bibliothek war das Lebenswerk von Professor Puddlewick, er liebte jedes einzelne Buch wie ein eigenes Baby. Selten redete er von etwas anderem. Seit Jahren kümmerte er sich um den Einkauf wertvoller Sammlungen und ergatterte weltweit wichtige Werke der klassischen Antike. Unter Professor Puddlewicks Leitung war die Bibliothek selbst auf dem Kontinent berühmt geworden. Wenn der erzkonservative Professor Wood die Bibliothek übernahm, würde er bis auf die christlichen Autoren alle anderen philosophischen Werke hinauswerfen. Das würde Professor Puddlewick nicht überleben!

Hektor und Simon Puddlewick schauten mich an, als könnte ich sie vor dem bevorstehenden Weltuntergang retten. Irgendetwas musste man da doch machen können! Fieberhaft durchdachte ich alle Möglichkeiten.

»Vielleicht ist Dempseys Idee mit dem Assistenten gar nicht so schlecht ...«, überlegte ich laut.

Hektor jaulte bei der Erinnerung an John auf und vergrub den Kopf unter seinen Armen.

Professor Puddlewick legte sanft die Hand auf seinen Unterarm. »Horch doch mal, was Lizzy zu sagen hat. Unser Mädchen ist manchmal klüger als wir alle zusammen.«

»Und manchmal schaffen *alle* zusammen mehr als einer alleine!«, ergänzte ich. Dann erklärte ich meinen Plan. »Wir alle sind nicht so talentierte Zeichner wie Hektor, aber Aeneas kann sehr schön schreiben. Er könnte die Texte übernehmen. Im Abmalen bin ich auch nicht schlecht. Hektor kann die komplizierten, ich die einfachen Teile vorzeichnen. Paris und Mary malen aus – Mary hat ein großartiges Farbgefühl, sie zaubert mit Nadel und Faden ganze Kunstwerke! Und John – den werden wir schon davon abhalten, größeres Unheil anzurichten!«

In diesem letzten Punkt sollte ich mich zwar täuschen, ansonsten schien mein Vorschlag nicht dumm zu sein. Professor Puddlewick tätschelte Hektor erleichtert den Kopf.

»Dann ist ja alles geregelt. Was du an Zeichenmaterial benötigst, kannst du auf Dempseys Kosten besorgen. Ihr richtet euch am hinteren Ende der Bibliotheksgalerie eure Arbeitsplätze ein. Dort oben kommt ihr euch mit den Studenten unten an den Lesetischen nicht in die Quere.«

»So könnte es gehen.« Hektor legte seufzend das Kinn auf seine verschränkten Unterarme und schaute mir direkt in die Augen. Er musste nichts sagen, allein sein liebevolles Lächeln genügte, dass mir ganz warm ums Herz wurde.

»Den Haushalt schaffe ich trotzdem, keine Sorge«, fügte ich dazu, um etwas zu sagen.

»Fein. Da nun alles geklärt ist, kann ich mich ja wieder an meine Arbeit machen.« Professor Puddlewick erhob sich und blickte sich suchend um. »Wo ist denn nur meine Jacke?«

Er entdeckte sie auf dem Stuhl, auf dem er eben noch gesessen hatte. »Na so was, wer hat sie denn da hingelegt? Wie ungeschickt, jetzt ist sie ganz verknittert.«

5. Kapitel

Aeneas und Paris fahren Fahrrad, Mary und Lizzy fahren Fahrrad, John schaut lieber zu und der Ring von Claddagh kommt ins Spiel.

In der teppichschweren Stille des Esszimmers fiel mir plötzlich auf, dass Hektor und ich nun ganz alleine waren. Zum ersten Mal seit der Begegnung in der Bibliothek! Um meine Verlegenheit, die mich sofort wieder einholte, zu überspielen, fing ich hektisch an, das restliche Geschirr einzusammeln. Hektor schien zu ahnen, was mich zu dieser plötzlichen Geschäftigkeit antrieb. Er stellte sich vor die Tür zur Küche und schnitt mir auf diese Weise den Fluchtweg ab.

»Lizzy, heute Morgen in der Bibliothek ... Ich wollte dir sagen, dass ... kein Mädchen würde ...« Hektor brach ab. So ernst, wie er schaute, suchte er bestimmt nach den passenden Worten, um mich für mein unziemliches Verhalten zu rügen. Also doch die Standpauke! Wie hatte ich nur annehmen können, dass das alles folgenlos an mir vorübergehen würde. Paris hatte schon recht, wenn er seinen Bruder manchmal spöttisch »Mama Hektor« nannte. Mit gesenktem Kopf blieb ich stehen, um die verdiente Strafpredigt über mich ergehen zu lassen. Hektor setzte gerade von Neuem an, als ein lauter Schrei, gefolgt von einem Geschepper und einem weiteren Schrei, aus dem Hof durch das geschlossene Fenster drang.

Mit einem Satz waren wir an der Scheibe. Der Anblick, der sich uns bot, war gleichzeitig erschreckend und kurios: Unter einem der dicken Ahornbäume auf der Rasenfläche lag Paris auf dem Rücken, neben ihm kniete Aeneas und tastete – offensichtlich sehr besorgt – nicht seinen Bruder, sondern ein ebenfalls auf dem Boden liegendes Fahrrad ab.

»Diese beiden Kerle bringen mich noch um den Verstand!«, rief Hektor aus. »Hoffentlich ist Paris nichts Ernstliches passiert!«

Ich stellte unsanft das Tablett auf den Tisch und raffte den beinahe bodenlangen Rock meines Kleides, um hinter Hektor durch das Treppenhaus in den Hof zu stürmen.

»Paris, bleib um Himmels willen liegen, falls du dir etwas gebrochen hast!«, schrie ihm Hektor schon von Weitem zu. Ein kleines Grüppchen neugieriger Studenten, allesamt dunkel gekleidete junge Männer, hatte sich an der Unfallstelle versammelt. Hektor verscheuchte die Gaffer empört.

Dann kniete er sich über Paris, der mit geschlossenen Augen ganz still dalag, und tastete prüfend an seinem Hals, ob er sein Herz spüren konnte. *O Heiliger Sankt Patrick und Mutter Maria und alle miteinander, lasst ihn nicht tot sein, nicht unseren wunderschönen, fröhlichen Paris!*, schickte ich ein lautloses Stoßgebet zum Himmel.

»Hektor, kümmere dich nicht um diesen Tollpatsch, der hat nichts – *hier* ist das Problem!«, versuchte Aeneas die Aufmerksamkeit auf sich zu lenken. Er rüttelte verzweifelt an einem Pedal des umgestürzten Fahrrads, in dessen Speichen Gras und vereinzelte Blätter stecken geblieben waren. Aber nichts rührte sich. Aeneas schien zu Tode betrübt: »Wahrscheinlich ist die Achse verbogen. Wie soll ich das meinen Kameraden vom Rennradklub erklären?«

»Bist du eigentlich völlig verrückt geworden? Dein Bruder liegt bewusstlos am Boden und du interessierst dich nur für das Fahrrad?«, fauchte Hektor Aeneas an. Er hatte Tränen in den Augen.

Ich kniete inzwischen neben Paris im Rasen und streichelte sanft seine Stirn.

Obwohl nur wenige Menschen auf dem Hof unterwegs gewesen waren, musste sich die Nachricht von dem Unfall wie ein Lauffeuer verbreitet haben, denn zwischen der Prüfungshalle und dem Bibliotheksgebäude sah ich nun John angerannt kommen, dicht gefolgt von Mary. Sie hatten den kurzen Weg vom Haus durch den Garten genommen.

»Er lebt, sein Puls geht ganz normal«, sagte Hektor etwas beruhigter zu mir, dann fing er an, Paris' Arme und Beine abzutasten.

Aeneas stellte derweil völlig ungerührt das Fahrrad mit den Reifen nach oben auf Sattel und Lenker. »Scheint doch nur die Kette zu sein …«, meinte er fachmännisch.

Ich hielt in meiner Streichelbewegung kurz inne, erstaunt darüber, wie gleichgültig Aeneas seinem Bruder gegenüber sein konnte. So kannte ich ihn überhaupt nicht – normalerweise war er die Hilfsbereitschaft in Person!

»Nicht aufhören!«, sagte da eine fröhliche Stimme unter mir und Paris blitzte mich mit seinen dunklen Augen schelmisch an.

»Du bist bei Bewusstsein und das die ganze Zeit über?«, fragte Hektor drohend, wenn auch die Erleichterung in seiner Stimme unüberhörbar war.

»Sag ich doch«, murmelte Aeneas und löste mit einem Ruck die verkeilte Kette. »Der hat nur Angst, dass ich ihm gleich ein paar hinter die Löffel gebe. Ich habe ihm nämlich verboten, so schnell zu fahren!«

Paris rappelte sich hoch in Sitzposition und klopfte sich das Gras von Hemd und Hosenbeinen. Das lag wohl an Mary, die nun bei unserem seltsamen Grüppchen angelangt war und in ihrem duftigen weißen Kleid mit einer breiten, veilchenfarbenen Satinschleife um ihre schmale Taille vor ihm stand. Mit einem Funken Neid registrierte ich, dass sie sich schon wieder umgezogen hatte.

»Oder bin ich doch im Himmel? Ich sehe einen Engel!«, säuselte Paris mit einem sehr charmanten Lächeln.

Mary, die außer sich vor Sorge und außer Atem vom schnellen Laufen war, strahlte ihn an. »Bin ich froh, dass nichts Schlimmes passiert ist! Als Vater mitgeteilt wurde, dass ein Puddlewick verunglückt sei, hat er John zum Nachsehen geschickt – und ich bin sofort hinterhergelaufen!«

John schaute voll Interesse Aeneas zu, der das Fahrrad wieder richtig herum hinstellte und dann eine Testrunde drehte. Offensichtlich war das Ergebnis zufriedenstellend, denn jetzt lud Aeneas uns alle ein: »Wer hat Lust auf eine – langsame – Probefahrt?«

»Ich!«, rief Mary mutig. Sie ließ sich von Aeneas genaue Anweisungen geben. Dann steckte sie ganz undamenhaft den weiten Rock und die beiden Unterröcke seitlich in ihrem Seidengürtel fest, sodass man ihre langen, spitzenbesetzten Unterhosen und die hübschen bestickten Kniestrümpfe sehen konnte. Die feinen Blümchengirlanden endeten kurz über dem Knöchel, denn mehr Bein sollte eine Dame keinesfalls zeigen!

Aeneas hielt das Fahrrad wie ein bockiges Pferd am Lenker, Paris sprang quicklebendig auf die Füße, fasste Mary um die Taille und – schwupps – saß sie auf dem Sattel!

»Jetzt treten … nein … nach vorne!« – »Nicht zur Seite lehnen!« – »Lass die Bremse los!« Unter solchen und ähnlichen Zurufen wurde Mary immer schneller über den Platz geschoben. »Nicht loslassen!!«, konnte sie noch kreischen, aber das war es schon zu spät. Mary fuhr tatsächlich ein paar Fuß weit alleine! Mit Schrecken sah ich, dass sie plötzlich anfing, gefährlich hin und her zu trudeln, doch bevor sie stürzen konnte, war

Aeneas an ihrer Seite und fing sie auf. Als gute Freundin bedauerte ich für sie, dass er Paris zuvorgekommen war.

Mary selbst schien das nicht weiter zu stören, mit roten Wangen kam sie strahlend zu uns Zuschauern zurück.

»Ist das herrlich! Ich habe mich so frei gefühlt, fast als würde ich fliegen! Lizzy, das musst du auch ausprobieren!«

Das musste sie mir nicht zweimal sagen. Mit einem Griff befestigte ich den Saum meines karierten Baumwollrockes und des einfachen Unterrockes im Bund. Manchmal war es auch von Vorteil, etwas einfacher gekleidet zu sein. Dann langte ich nach dem Lenker des Fahrrads. *The Royal Sunbeam – Wolverhampton* stand in elegant geschwungenen, goldenen Buchstaben zwischen goldenem Blattwerk auf dem schwarz lackierten Stahlrohr.

John stellte sich so vor das Fahrrad, dass ich nicht losfahren konnte. Er hatte eigentlich ein sehr schönes, feines Gesicht und bis auf seine pechschwarzen welligen Haare ähnelte er Mary sehr. Leider setzte er meistens einen recht arroganten Gesichtsausdruck auf, indem er die linke Augenbraue leicht nach oben zog. Freundlich bot ich ihm das Fahrrad an: »Möchtest du zuerst, John?«

Seine Augenbraue wanderte noch ein paar Millimeter weiter nach oben.

»Nein, besten Dank. Ich brauche meine Hände in den nächsten Wochen für etwas Wichtigeres und kann daher keine Verletzung riskieren. Ich frage mich allerdings, wie *du* mit einem hochtechnischen englischen Qualitätsrad zurechtkommen willst. Ich habe da meine Zweifel.« Damit spielte er auf meine irische Herkunft an. Viele Engländer aus den oberen Klassen fühlten sich als etwas Besseres und betrachteten unsere wunderschöne grüne Insel als unterentwickelte Kolonie des britischen Weltreichs. Mit ihren gut ausgebildeten Soldaten zwangen sie anderen, friedlichen Ländern ihre Herrschaft auf und beuteten sie aus. Und darauf waren sie, bis auf wenige Ausnahmen, zu denen auch die Puddlewicks gehörten, ungeheuer stolz! John hatte diese Einstellung, ohne darüber nachzudenken, von seinem Vater übernommen. Trotzdem musste er neben seiner schnöseligen auch eine gute Seite haben, sonst hätte er die Freundschaft zwischen Mary und mir längst verraten. Das tat er nicht – im Gegenteil. Manchmal kam es mir so vor, als steckte in ihm noch ein anderer Mensch, jemand, der zu tiefen Gefühlen fähig war. Jetzt gerade hatte allerdings John der Snob die Oberhand.

Über seine gemeine Bemerkung ärgerte ich mich natürlich wahnsinnig, deshalb fing ich sofort an, mit ihm zu streiten – was er vermutlich bezweckt hatte.

»Pass mal auf, mein Lieber, ihr Engländer benutzt heutzutage Gegenstände, die haben Iren in einer Zeit erfunden, als ihr noch im Fell in den Bäumen herumgeklettert seid!«, zischte ich ihn wütend an. Das war ganz schön frech von mir. Obwohl die Theorie von diesem Charles Darwin, dass wir Menschen vom Affen abstammen sollten und nicht aus Adams Rippe geschaffen waren, fast fünfzig Jahre alt war, empörten sich selbst viele Wissenschaftler immer noch darüber. Ich hatte mal einen heftigen Streit zwischen Professor Wood und Professor Puddlewick über dieses Thema mitbekommen.

»Hahaha!« John lachte höhnisch. »Auf der letzten Weltausstellung habt ihr *Wolle* vorgeführt. Was will Irland denn schon Besonderes hervorgebracht haben, außer ein paar …« Dabei musterte er mich abschätzend von oben bis unten. »… zugegebenermaßen gut proportionierten Mädchen mit Sommersprossen? Nenn mir doch mal nur einen solchen Gegenstand!«

»Also … zum Beispiel … da gibt es …« Verzweifelt suchte ich nach einer Antwort, aber sein seltsamer Blick auf meinen Körper hatte mich ganz verlegen gemacht.

Da rettete mich Mary: »Das beste Beispiel kommt sogar aus Lizzys Heimatdorf: der Claddagh-Ring. Sogar die Queen trägt einen!«

John wirkte etwas enttäuscht, weil seine Schwester ihm in den Rücken gefallen war. »Was soll das denn sein? Nie davon gehört!«

6. Kapitel

Lizzy erzählt ein kurzes Märchen für John und alle anderen und ein fröhlicher Nachmittag geht zu Ende.

»Lizzy, bitte erzähl uns die Geschichte«, bat mich Mary.

Wir setzten uns im Kreis auf den Rasen. »Sitzt ihr bequem?«, fragte ich in die Runde. Anstelle einer Antwort bekam ich erwartungsvolle Blicke, die mir bedeuteten, endlich anzufangen.

Der Ring von Claddagh

Es war einmal ein junger Ficher – und dieses »Es war einmal« ist ziemlich lange her. Der lebte vor den Toren Galways in einem beschaulichen Dorf namens Claddagh. Dieser Fischer liebte ein Mädchen, und weil er ein fröhlicher, geschickter Jüngling war, liebte das Mädchen auch ihn. Nicht lange und die beiden hätten geheiratet – wäre nicht ein schreckliches Unglück passiert. Eines Nachts wurde der Hooker des Bräutigams, der auf Fischfang war, von bösartigen Piraten gekapert. Weil sie außer ein paar löchrigen Netzen nichts Wertvolles finden konnten, ließen sie das Boot treiben und nahmen den jungen Fischer als Geisel. Als der steuermannslose Hooker von den anderen Fischern gefunden wurde, meinten alle, sein Be-

sitzer sei ertrunken. Nur die unglückliche Braut wollte dies nicht glauben und schwor, ihm treu zu bleiben, bis sein Leichnam gefunden würde.

Inzwischen verschleppten die grausamen Kidnapper unseren irischen Fischer bis weit in den Orient. Dort verkauften sie ihn auf einem Sklavenmarkt. Doch der Junge hatte Glück im Unglück. Er wurde von einem reichen Goldschmied, dessen Haut schwarz wie Ebenholz war und dessen Zähne wie Perlen blitzten, gekauft. Dieser lehrte ihn die Kunst, Gold zu formen und Juwelen zu fassen, und der junge Fischer zeigte eine große Geschicklichkeit dabei. Als Meisterstück schmiedete er einen Ring. Die Sehnsucht nach seiner fernen Liebsten gab diesem Ring die Form: Zwei Hände halten ein Herz mit einer Krone.

Der Meister war so berührt von der schlichten Schönheit dieses Stücks, dass er seinem Schüler die Freiheit schenkte. Und nicht nur das: Die Hälfte seines Reichtums und seine eigene Tochter dazu sollte er haben. Nach so vielen Jahren hätte seine Braut in Claddagh ihn doch längst vergessen! Aber der Fischer, der in der Ferne zum Goldschmied geworden war, bat nur um ein Schiff und den Ring. So kehrte er in die Heimat zurück, wo das Mädchen auf ihn wartete, wie es einst geschworen hatte. Seitdem gilt der Claddagh-Ring als Symbol für Liebe und Treue und wird von einigen Juwelieren immer noch in der ursprünglichen Form als Verlobungsring hergestellt. Im Dorf Claddagh wird der Ring von der Mutter an die Tochter weitergereicht. Wenn sie den Ring mit der Spitze des Herzens zu ihrem eigenen Herzen trägt, bedeutet das, dass sie ihr Herz verschenkt hat.«

»Oh«, seufzte Mary, als ich fertig erzählt hatte, »ich liebe diese Geschichte. Irgendwann einmal möchte ich auch so einen Ring geschenkt bekommen!«

»Na ja, vielleicht ist die Geschichte auch erfunden. Aber immerhin gut erfunden. Und darauf kommt es schließlich an – nicht darauf, dass alles haargenau stimmt! Es gibt auch noch andere Entstehungslegenden um den Ring, die allerdings nicht halb so romantisch sind«, erwiderte ich. »Bei zwei älteren Schwestern habe ich übrigens wenig Aussicht darauf, jemals einen Claddagh-Ring zu erben!«

»Was würde denn dann die Herzspitze anzeigen – frei oder vergeben?«, fragte Paris, wie mir schien, eindeutig in Marys Richtung.

»So etwas fragt man doch eine Lady nicht!«, tadelte ihn Aeneas. »Ich würde meiner Märchenprinzessin nach Lizzys schöner Erzählung sofort von meinem Ersparten einen solchen Ring kaufen. Dann wüsste ich gleich, woran ich bin, oder?« Jetzt schaute er mich an und zwinkerte mir lächelnd zu.

Hektor rupfte gedankenverloren ein paar Grasbüschel aus und sagte zu alledem nichts. Vermutlich dachte er über die bevorstehende Aufgabe nach.

»Also gut, wenn selbst unsere hochverehrte Königin so einen Ring besitzt, gebe ich mich für heute geschlagen. Ich kann Lord Bouring ja mal einen Tipp geben, wie du dir euren Verlobungsring vorstellst, Schwesterchen!«, sagte John zu Mary, die unter seinem fiesen Seitenhieb förmlich zusammenzuckte. Dann grinste er mich an, aber nicht mehr ganz so hochnäsig wie zuvor: »Jetzt zeig doch mal, ob du dich beim Radfahren genauso geschickt anstellst wie beim Märchenerzählen!«

»Lizzy, bitte pass auf!«, mischte sich Hektor nun doch ein, anscheinend hatte er zumindest mit einem Ohr zugehört. »Wir werden nämlich morgen besonders deine Hände brauchen.« Er nutzte die Gelegenheit zu erklären, was wir im Esszimmer mit seinem Vater besprochen hatten. Bei seinen Brüdern und bei Mary stieß er auf Begeisterung. Besonders Paris war hocherfreut, als er hörte, dass sein Vater dafür den Privatunterricht einschränken wollte. Nur Johns Augenbraue schnellte wieder in die Höhe.

»Also wirklich, Hektor, da musst du mich schon zuerst fragen. Schließlich hat mein Vater *mir* die künstlerische Leitung übertragen. Du sollst mich nur etwas unterstützen!«, beschwerte er sich prompt.

»So?«, entgegnete Hektor kühl. »Wenn das so ist, willst du jetzt bestimmt die richtigen Farben und das übrige Zeichenmaterial besorgen und Arbeitsplätze einrichten? Wann und wohin darf ich morgen kommen?«

Geschickt schwenkte John um: »Geh ruhig, ich hatte eh vor, noch ein paar weitere Assistenten anzustellen. Warum nicht unsere Geschwister.«

»*Und* Lizzy«, fügte Aeneas dazu. Ihm war sofort aufgefallen, dass John mich klar ausgeschlossen hatte.

»Meinetwegen auch Lizzy. Die kann uns mit ihren romantischen Geschichten unterhalten«, brummte John vor sich hin. »Das werde ich Vater aber nicht unbedingt auf die Nase binden.«

Hektor ließ uns auf dem Rasen zurück und ich konnte endlich das Fahrrad ausprobieren. Wir hatten einen riesigen Spaß! Auch wenn ich nicht so ein Naturtalent wie Mary war, schaffte ich es bis zum späten Nachmittag, selbstständig ein paar wackelige Runden zu drehen. Meine Haushaltsaufgaben verschob ich für dieses Vergnügen auf später. Und für den *Apple Crumble* zum High Tea um sechs Uhr hatte ich immer noch genügend Zeit. John lehnte derweilen am Stamm des Ahorns und beobachtete mich wie ein Geier, der auf Beute wartet. Aber den Gefallen zu fallen tat ich ihm nicht. Mary war gerade wieder an der Reihe – sie konnte gar nicht genug von dem Fahrrad bekommen –, als Miss Gray unter dem frei stehenden Glockenturm in der Mitte des Hofes auftauchte. Sie war sicher auf der Suche nach John und Mary, um sie an ihre Pflichten zu erinnern.

»Guten Tag, Miss Gray!«, rief Mary ihr zu und wagte es sogar, eine Hand vom Lenker zu nehmen und ihrer Gouvernante zu winken. »Auf Wiedersehen, Miss Gray!«

Im ersten Moment kapierte Miss Gray gar nicht, dass es wirklich die Tochter des Provost war, die auf diesem neumodischen Sportgerät hockte. Mary nutzte diesen Aussetzer, fuhr in einem großen Bogen um die völlig verdatterte Frau herum und verschwand zwischen den beiden Wohngebäuden, die den Hof nach Süden und Osten begrenzen. Wir anderen liefen jauchzend hinter ihr her. Natürlich waren wir schneller als die arme Miss Gray mit ihrer altmodischen Krinoline, die verzweifelt versuchte, nachzukommen, und dabei »Aber, Miss Mary, Ihr Kleid … Sie vergessen sich … Miss Mary, die Gesangstunde!« rief.

Im zweiten Hof gelang es uns, sie ganz abzuhängen. John lachte Tränen und äffte Miss Grays schrille Rufe mit übertrieben hoher Stimme nach. Mir tat Miss Gray fast ein bisschen leid – schließlich würde hauptsächlich sie Ärger mit Provost Dempsey bekommen, wenn sie nicht dafür sorgte, dass seine Kinder pünktlich zu ihren Lektionen erschienen.

Als ich aber Marys leuchtendes Gesicht sah, vergaß ich mein Mitgefühl schnell wieder. So glücklich hatte sie seit Langem nicht mehr gewirkt. Völlig außer Atem fragte sie lachend: »Sagt mal, gibt es irgendwo auf dem Sportgelände noch dieses Fluggerät, das Professor Fitzgerald letztes Jahr konstruiert hat? Damit wäre ich auf einen Schlag diese Miss Gray und alle anderen Sorgen los!«

7. Kapitel

Hektor erklärt seinen – oder sollte man besser sagen Johns – Assistenten, was zu tun ist, und Mary schüttet Lizzy endlich ihr Herz aus.

Voller Vorfreude, aber ziemlich außer Atem, traf ich am kommenden Vormittag in der Bibliothek ein. Alle anderen warteten bereits. Obwohl ich vermutlich als Erste aufgestanden war, war ich die Letzte. Noch vor dem Frühstück bin ich zum Markt gesaust und hatte dann in Höchstgeschwindigkeit meine Aufgaben im Haushalt erledigt, also aufgeräumt, abgestaubt und die Böden gewischt. Natürlich nicht in den Schlafzimmern, wo die Herren Puddlewick friedlich schlummerten. Das hob ich mir für den Abend auf. Während ich durch die Wohnung wirbelte, kochte die Ochsenschwanzbrühe auf dem Herd und im Ofen nahmen gleich zwei Lammpasteten zuerst eine schöne, dann leider eine etwas *zu* braune Farbe an. Trotzdem, so gut hatte ich meine Pflichten noch nie organisiert! Aber ich wollte unbedingt beweisen, dass ich das schaffen konnte. Wem eigentlich? In Professor Puddlewicks Männerhaushalt kontrollierte niemand jemals, ob oben auf den Türkanten gewischt war! Nicht einmal im Winter, wenn die offenen Feuer in den Kaminen den Staub rußschwarz färbten. Der Einzige, dem der ordentliche Zustand der Wohnung auffallen würde, war vermutlich Hektor.

Der war inzwischen auch nicht faul gewesen. In der Tischlerwerkstatt hatte er einfache Holzböcke und Tischplatten besorgt und gemeinsam mit dem Gesellen auf der Galerie die Arbeitsplätze hergerichtet. An den Schmalseiten des Saals, dort, wo auch die Treppen hinaufführten, war die Galerie zwar etwas breiter, aber der Platz hätte nicht für uns alle ausgereicht. Nur zwei Tische, einen für sich selbst und einen weiteren Arbeitsplatz neben dem *Book of Kells*, für das schon ein Samtkissen bereitlag, konnte Hektor hier unterbringen. Außerdem sollte ein improvisiertes Bretterregal als Farben-, Pinsel- und Papierlager dienen. Längs des Raums bildeten die Regale, genau wie unten, einzelne Nischen mit je einem Fenster, die zum Long Room hin zwar offen, aber dank der dicken Eichenbrüstung absturzgesichert waren. Durch schmale Öffnungen zwischen den Büchern konnte man von einer zur nächsten gehen. Seitlich dieser Durchgänge war Raum genug für einen Tisch und ein dreibeiniges Höckerchen. Hektor hatte in fünf aufeinanderfolgenden Abschnitten für jeden von uns einen dieser gemütlichen Arbeitsplätze aufbauen lassen.

Es war also alles klug durchdacht und bestens vorbereitet und wir hätten nach einer kurzen Einführung anfangen können, wenn John nicht John gewesen wäre.

»Schön und gut, lieber Hektor, aber ich werde natürlich hier neben dem *Book of Kells* sitzen.«

Hektor verdrehte die Augen und biss sich auf die Lippen. Man sah ihm an, was er dachte. John ignorierte diesen Gesichtsausdruck und befahl herrisch: »Du kannst jetzt das Buch bringen!«

Zähneknirschend machte sich Hektor auf den Weg zu der Vitrine im Long Room, wo das *Book of Kells* normalerweise aufbewahrt wurde. Jeden Tag wurde darin vorsichtig eine andere Seite aufgeschlagen, die besondere Besucher mit Provost Dempseys Erlaubnis bestaunen durften. Professor Puddlewick hatte am Morgen Hektor den Vitrinenschlüssel überreicht mit dem Auftrag, »das Buch wie seinen Augapfel zu hüten«. Er sorgte sich sehr um das prachtvolle Werk. Vermutlich war das *Book of Kells* irgendwann im 8. Jahrhundert von schottischen oder irischen Mönchen von Hand auf Leder geschrieben und gemalt worden. So genau weiß man das nicht! Was man aber weiß, ist, dass dieses Manuskript unschätzbar wertvoll ist. Schließlich gibt es nur dieses einzige Exemplar. Irgendwann wurde es im Kloster von Kells entdeckt, daher rührt auch sein Name. Im 17. Jahrhundert hat dann ein Bischof dafür gesorgt, dass es in der Bibliothek des Trinity College sicher untergebracht wurde. Eigentlich war es unglaublich, dass Provost Dempsey seinem Sohn und Hektor einfach so die Verantwortung für diesen Schatz übertrug, nur um bei seiner Königin einen guten Eindruck zu machen! Ich konnte diese Unterwürfigkeit der meisten Engländer ihrer Herrscherin gegenüber nicht verstehen. Die Queen war schließlich auch nur ein Mensch! Sicher lief auch ihr, wie allen alten Leuten, beim Schlafen Spucke aus dem Mund … Diese Gedanken gingen mir durch den Kopf, bis ich Hektor die enge Treppe zur Galerie wieder hinaufkommen sah. Er hatte sich extra dünne weiße Baumwollhandschuhe angezogen, um keine Fingerabdrücke auf dem ledernen Einband und den Pergamentseiten zu hinterlassen. Behutsam legte er das Buch auf das vorbereitete Samtkissen und strich dann liebevoll über den Buchdeckel. Wir alle spürten, dass mit dem Buch gerade etwas sehr Besonderes in unsere Nähe gerückt war, obwohl es auf den ersten Blick eher unscheinbar wirkte. Der schlichte braune Ledereinband hatte keine Aufschrift und besonders groß war es auch nicht, vielleicht zehn mal vierzehn Inches.

»Nun übertreib mal nicht!« Grob grapschte John nach der Handschrift. »Das ist doch nur ein Buch!« Wie um Hektor zu verletzen, ließ er einmal die Seiten unter seinem Daumen entlangblättern, dann warf er das Buch abwägend von einer Hand in die andere. »Ein ganz schöner Wälzer! Was meinst du, Hektor, wie viele Seiten hat der?«, fragte er provozierend.

Hektor hielt Aeneas, der im Begriff war, auf John loszugehen, am Oberarm zurück. »Es sind dreihundertundsiebzig Folios, also Pergamentblätter«, erklärte er ruhig. »Wenn man das falsche Vorsatzblatt nicht mitrechnet, das eingelegt wurde, damit Königin Victoria und Prinz Albert bei ihrem letzten Besuch vor fünfzig Jahren darauf unterschreiben konnten. Sei jetzt bitte so freundlich und lege das Buch hin, damit wir die Arbeit einteilen können. Wir haben viel zu tun und alle anderen warten hier nicht zum Spaß.« Zum Schluss war seine Stimme doch etwas schärfer geworden.

Das konnte John natürlich nicht auf sich sitzen lassen. Er war es nicht gewohnt, von irgendjemandem Befehle anzunehmen – außer vielleicht von seinem Vater. Mary, die die ganze Zeit über still neben Paris gestanden hatte, schien zu wissen, wie sie den drohenden Streit verhindern konnte, und fragte: »John, wollte Papa nicht heute Nachmittag vorbeischauen, um die ersten Ergebnisse zu sehen? Vielleicht hat Hektor ausnahmsweise recht?« Bei diesen Worten lächelte sie Hektor an, der die lautlose Entschuldigung mit einer leichten Verbeugung annahm. »Und wir sollten jetzt endlich anfangen …«

Bei der Erinnerung an seinen Vater vergaß John sofort sein ganzes Herrengehabe und warf Hektor das Buch zu, der es auffing und wie ein gerettetes Kind an seine Brust drückte: »Sag ich doch! Ich schlage vor, mein Oberassistent verteilt an die Unterassistenten die Aufgaben.« Sein selbstbewusstes Grinsen wirkte auf einmal gespielt. »Ich habe noch etwas Dringendes zu erledigen.«

Verdutzt sahen wir, wie John auf der Treppe verschwand. Einzig eine kräftige Rasierwasserwolke ließ er zurück.

»Der will sich doch nur drücken«, empörte sich Aeneas, immer noch die Hand zur Faust geballt.

»Ich denke, so ist es besser. Wahrscheinlich machen

dem armen Jungen einfach die hohen Erwartungen eures Vaters zu schaffen?«, überlegte Hektor und schaute nachdenklich Mary an, die zustimmend nickte.

Paris schüttelte den Kopf: »Wie kannst du John auch noch entschuldigen, nachdem er sich so benimmt?«

»Weil ich versuche, nicht nur Schwarz oder Weiß, sondern alle Nuancen eines Charakters zu sehen. Aber lassen wir John – gleich bekommt ihr auf einer einzigen Seite mehr Farben zu Gesicht, als man sich vorstellen kann.«

Wir stellten uns eng im Kreis um das Tischchen mit dem blauen Kissen, auf das Hektor das *Book of Kells* nun zum zweiten Mal bettete.

»Von außen wirkt es ziemlich langweilig, findest du nicht auch?«, flüsterte Mary mir zu.

Doch schon öffnete Hektor den Buchdeckel und blätterte sehr langsam Seite um Seite um. Bisher hatte ich das *Book of Kells* nur von Weitem gesehen und bei diesen flüchtigen Blicken schienen mir die Bilder eher schlicht zu sein. Ich dachte daher, das Buch sei nur deswegen so kostbar, weil es über tausend Jahre alt und komplett erhalten war. Aber jetzt, aus der Nähe, konnte ich erst wirklich begreifen, was den Wert dieses Schatzes ausmachte und warum Hektor es im wahrsten Sinn des Wortes mit Samthandschuhen anfasste: Die scheinbar groben Farbkleckse bestanden aus Abertausenden von verschlungenen Verzierungen in den feinsten Farbschattierungen, so raffiniert und zart, dass man gar nicht mehr wegschauen und am liebsten darin versinken wollte. Selbst Paris wurde bei diesem Anblick sprachlos und verzichtete auf seine üblichen Scherze. Für einen kurzen Moment zumindest.

»Das alles sollen wir in knapp acht Wochen abmalen? Ich glaube, ich habe jetzt auch dringend etwas zu erledigen.« Dabei tat er so, als wollte er sich davonstehlen.

»Nicht alles, das konnte Vater Provost Dempsey zum Glück ausreden. Aber hier, das letzte der vier Evangelien, das des Heiligen Johannes, sollen wir kopieren.«

Damit wir wussten, wovon er sprach, schlug Hektor die entsprechenden Seiten auf. Die ganzseitigen lateinischen Textseiten waren herrlich, wenn auch unglaublich aufwendig verziert. Zwischen den Zeilen sprangen rot umtüpfelte Hasen und wilde Löwen umher, Engel schwebten über den Seiten und mitten in einem Anfangsbuchstaben erschienen plötzlich zwei Männer, die sich gegenseitig an den Bärten zogen. Andere Initialen waren mit Mustern verziert, die wie Fischernetze verschlungen waren.

»Nichts weiter?«, fragte Aeneas ironisch.

»Doch. Ihr habt die beiden wichtigsten und schönsten Folios noch nicht gesehen: das Porträt des Heiligen Johannes und das dekorierte Titelblatt *In principio erat verbum* – Am Anfang war das Wort.« Nachdem er uns diese beiden ganzseitigen wunderbaren Bilder gezeigt hatte, wusste ich, warum Hektor tags zuvor so verzweifelt reagiert hatte! Wie sollten wir diese Kunstwerke abmalen, die sich eher Engel als Menschen ausgedacht haben müssen? Unmöglich!

Hektor hatte allerdings bereits einen Plan. »Und nun zur Vorgehensweise: Lizzy und ich werden zunächst die Umrisslinien dieser beiden Schmuckblätter auf dünnes Seidenpapier durchpausen, Mary und Paris können diese Konturen auf das teure Bütten übertragen und später kolorieren. Ich werde euch gleich zeigen, wie man die Vorlage von hinten mit Kohlestäbchen schraffiert und dann mit einem härteren Grafitstift auf das Originalpapier durchdrückt. Wenn ihr mit den ersten Seiten fertig seid, zeichnen wir die Details ein und beginnen mit der Farbe.«

Hektor fuhr zügig, aber genau mit seinen Anweisungen fort. »Aeneas, du hast die schönste Handschrift und kannst Latein. Ich schlage vor, nein, eigentlich war das Lizzys Idee, dass du, soweit möglich, den Text übernimmst, einverstanden? Dazu musst du dich allerdings später hier neben das *Book of Kells* setzen. Während Lizzy und ich uns um die Bildelemente kümmern, kannst du die gegenüberliegende Seite abschreiben. Das, was du nicht schaffst, werde ich übernehmen. Die Dekorationen fügen wir nachträglich ein, das haben die Mönche damals vermutlich auch so gemacht. Am besten, du nimmst dir hier von dem einfachen Papier und schreibst dich schon mal ein. Gänsekiele und Messer liegen unten im Regal. In einem der Gläschen sind braune Gallustinte und schwarze Tusche. Schätzungsweise schaffst du ein bis anderthalb Seiten am Tag, wenn die Hilfslinien für die Texte ordentlich in die Papiere gedrückt worden sind. Das kann John mit einer Schablone machen. Gibt es noch Fragen?«

»Ja, eine. Was fällt dir eigentlich ein?« Das kam von John, der gar nicht wirklich gegangen war, sondern, von uns unbemerkt, auf der Treppe stehend gelauscht hatte und nun plötzlich hinter Hektor stand. »Du wirst doch nicht im Ernst von mir verlangen, dass *ich* die Zeilen einritze? Das kann ja jeder Idiot!«

»Deswegen hat Hektor ja auch *dich* dazu bestimmt«, murmelte Paris so leise vor sich hin, dass John es zwar nicht hören konnte, Mary und ich aber gleichzeitig loskichern mussten.

»Im Gegenteil«, beruhigte Hektor John. »Erstens steht und fällt alles mit einer sorgfältigen Vorbereitung, und zweitens wirst du so genug Zeit haben, als künstlerischer Leiter des Projekts die Arbeit der anderen zu kontrollieren. Ich freue mich übrigens, dass du so schnell zurückgekommen bist!«

Jetzt wäre es an Aeneas und Paris gewesen, laut herauszulachen, hätte nicht ein strenger Blick ihres älteren Bruders sie davon abgehalten.

Was war ich nervös, als ich endlich anfing, die ersten Bleistiftstriche auf das hauchfeine Seidenpapier zu ziehen! Nun musste ich beweisen, dass ich wirklich ordentlich zeichnen konnte, denn ich war, wie Hektor gerade betont hatte, für diese ganze Aktion verantwortlich!

Hektor stand mir direkt gegenüber und hatte mit den beiden Medaillons links und rechts von Johannes' Haupt begonnen. Ich bemühte mich, dessen langgliedrige Zehen nachzuziehen, aber meine Hand zitterte und ich schaute immer wieder unsicher zu Hektor auf, was er wohl zu spüren schien. Ohne den Blick zu heben, sagte er beruhigend zu mir: »Alles in Ordnung, Lizzy. Du machst das ganz hervorragend. Mit der Zeit wirst du auch schneller werden.« Zügig zog er dann die Armlinie des Heiligen in einem Bogen weiter und nach und nach legte sich meine Aufregung.

»Diese Arbeit mit euch in der Bibliothek werde ich nie vergessen. Es ist so schön, Paris hinter der Regalwand so nah bei mir zu wissen«, sagte Mary melancholisch in der ersten Pause zu mir. Hektor hatte darauf bestanden, dass wir unsere Arbeit regelmäßig für eine halbe Stunde unterbrachen, damit wir uns danach wieder besser konzentrieren konnten. Wir wanderten im Schatten der hohen Bäume hinter der Bibliothek, während die Jungen einen Lederball hin und her kickten, der verlassen auf dem weitläufigen Rasen gelegen hatte. Fröhliches Gelächter drang zu uns herüber. Nun war Hektor plötzlich nicht mehr der etwas zu ernsthafte Achtzehnjährige und selbst John spielte ausgelassen mit, wobei er am lautesten von allen lachte. Vielleicht war er so entspannt, weil das, was wir bisher aufs Papier gebracht hatten, schon ganz vielversprechend aussah, und er sich vor dem Besuch seines Vaters nicht mehr fürchten musste? Gerade versuchten Aeneas und Hektor gleichzeitig an den Ball zu kommen und überholten dabei John. Im Lauf stolperte Hektor und rollte sich geschickt ab. Ich schnaubte empört auf, weil ich meinte gesehen zu haben, wie John ihm ein Bein gestellt hatte. Doch der war sofort neben Hektor und zog ihn kameradschaftlich auf die Beine. Ich musste mich wohl getäuscht haben. Schade war nur, dass der kleine Vorfall Hektor dazu brachte, das Spiel zu beenden und sich mit einem medizinischen Lehrbuch an den Rasenrand zu setzen.

»Sieh nur, Paris bewegt sich wie ein Panther. Ich kann mich gar nicht sattsehen.« Mary lenkte meine Aufmerksamkeit wieder auf sich. Auch sie beobachtete das Geschehen auf dem Spielfeld, aber sie hatte nur Augen für Paris.

»Was ist denn eigentlich los, Mary?«, fragte ich leise, obwohl uns auch niemand hätte hören können, wenn ich in normaler Lautstärke gesprochen hätte. »In letzter Zeit kommst du mir so traurig vor. Dabei hast du doch gar keinen Grund dazu! Ich müsste mich schon sehr täuschen, wenn Paris nicht auch eine besondere Zuneigung zu dir gefasst hätte! Eurem Glück steht doch nichts im Wege!«

Den Blick immer noch auf ihren Paris geheftet, antwortete Mary nach einem kurzen Zögern. »Doch, einer steht im Wege – und zwar leider der, der am meisten zu sagen hat: mein Vater!«

»Aber was sollte er gegen eine Verbindung zwischen

dir und Paris Puddlewick haben? Ist er als Professorensohn etwa nicht standesgemäß?«, fragte ich. Das war wohl etwas naiv gedacht.

»Auch wenn Paris aus der richtigen Gesellschaftsschicht kommt, es gibt andere, die ein besseres Einkommen haben«, erklärte Mary unglücklich.

»Dein Vater will dich nicht ernsthaft mit diesem Lord Bouring verheiraten?! Der Mann ist Mitte zwanzig, der ist steinalt! Außerdem dachte ich, dass er sich bisher nicht besonders für dich interessiert hätte! Da hast du doch ein Wörtchen mitzureden. Es geht schließlich um *dein* Leben!«, rief ich aufgebracht.

Mary schüttelte den Kopf und ich merkte, dass ihre Schultern ganz leicht zu zucken begannen. Als ich sie in den Arm nahm, fing sie richtig an zu weinen. Beruhigend streichelte ich über ihren Rücken. Der türkise Baumwolldamast ihres Kostüms fühlte sich seidenweich an. Aber obwohl Mary unter dem Jäckchen eine Bluse, ein Mieder und ein Unterhemd – also die übliche Unterwäsche – trug, spürte ich ihre spitzen Rippen. Unter leisen Schluchzern stieß sie hervor: »Papa hat Bouring jetzt weichgeknetet. Wahrscheinlich hat er ihm dafür gute Noten in der Abschlussprüfung versprochen. Letzte Woche waren Bourings Eltern da, um mich kennenzulernen. Das sagt alles.«

»Warum hast du mir nicht gleich davon erzählt? Mary, ich verspreche dir, dass ich das verhindern werde. Und wenn wir mit dem Fischerboot meines Vaters nach Spanien fliehen müssen!«

Jetzt musste Mary trotz ihres Unglücks ein bisschen lächeln. »Ach, Lizzy, ich dachte, wenn ich nicht darüber rede, ist es auch nicht wahr. Außerdem wollte ich mit meinen Sorgen keine schlechte Laune verbreiten, denn bei euch ist es immer so entspannt und lustig.«

Wir standen nun am Ende der kurzen Allee, trotzdem konnten wir Johns Rufe nicht überhören: »Hey, Ladys, es geht weiter – die Pause ist beendet!«

Mit gemischten Gefühlen machten wir uns auf den Rückweg. Einerseits freute ich mich auf das gemeinsame Arbeiten auf der Galerie, andererseits stand am Nachmittag der Besuch von Provost Dempsey an. Ich hatte ihn schon vorher nicht gemocht, nach diesem Gespräch mit seiner Tochter fing ich an, ihn zu hassen.

8. Kapitel

Provost Dempsey und Lord Bouring erscheinen als erwartete, aber höchst ungebetene Gäste auf der Galerie.

Wie eine kleine grüne Dampflokomotive schraubte sich Lord Bouring schnaufend hinter Provost Dempsey die schmale Eichentreppe herauf. Seine dickliche Birnenfigur und die Farblosigkeit seines blassen Gesichts mit den wasserblauen Augen wurden durch seine papageienhafte Kleidung erst recht betont. Er trug ein schrillgrünes Samtjacket über einer bunt gestreiften Weste zu einer cremeweißen, etwas engen Hose. Das einzig Hübsche an Lord Bouring waren seine hellblonden weichen Locken. Die erinnerten mich an meinen kleinen Bruder Paddy. Und mit diesem Mann sollte Mary demnächst verheiratet werden? Bei der Vorstellung wurde selbst mir übel. Kein Wunder, dass Mary nichts mehr essen konnte!

Wir waren auf den Besuch vor dem High Tea vorbereitet gewesen und ich hatte die beiden Herren auch kommen sehen. Trotzdem schrak ich zusammen, als die scharfe kalte Stimme von Provost Dempsey durch den großen Raum schallte. Während alle anderen beim Betreten der Bibliothek wie in einer Kirche automatisch ihre Stimmen senkten, um niemanden bei seinen Studien zu stören, schien der Provost absichtlich laut zu sprechen. Hätte er nicht so einen harten Zug um den Mund gehabt, wäre er bestimmt ein gut aussehender Mann mit markanten Gesichtszügen gewesen. So aber glich er in seinem weiten schwarzen Umhang eher einem Raubvogel. Wohlgefällig ließ er seinen Blick über uns gleiten. John thronte zwar auf Hektors Arbeitsplatz, stach aber ganz friedlich mit einer Nadel die Abstände der Zeilen auf die Bögen aus Büttenpapier, wie Hektor ihn angewiesen hatte. Mary und Paris saßen an ihren Tischen, damit beschäftigt, die ersten Vorzeichnungen zu übertragen, und Aeneas probierte auf seinem Platz immer noch Schriften mit unterschiedlich zurechtgeschnittenen Federkielen. Nach wie vor waren Hektor und ich dabei, über dem *Book of Kells* stehend, weitere Teile der Schmuckblätter durchzupausen.

Provost Dempsey nickte zufrieden. »Bestens, hier sieht es nach konzentrierter Arbeit aus!« Plötzlich schrie er quer durch den ganzen langen Saal zu Professor Puddlewick, der völlig versunken über einem Buch an seinem Tisch am anderen Ende der Galerie saß: »Professor Puddlewick, lassen Sie ihre Arbeit kurz liegen. John möchte uns die ersten Ergebnisse vorstellen!«

Professor Puddlewick schreckte hoch und schaute sich verwundert um, aber dann erhob er sich und machte sich auf den Weg zu uns.

Inzwischen lud Provost Dempsey Lord Bouring, der etwas dümmlich in die Luft schaute, ein, zu John an den Tisch zu kommen.

Ich linste zu den dreien hinüber, dabei fiel mir auf, dass Johns Gesicht plötzlich kleiner und spitz wirkte. Lord Bouring zog ein Lorgnon, eine kleine Lesebrille, die an einem silbernen Stäbchen gehalten wurde, aus der Jackentasche und beugte sich damit suchend über Johns Blatt. Professor Puddlewick erschien im ersten Regaldurchgang und gesellte sich zu ihnen. Ich konnte ihm ansehen, dass er eigentlich lieber nicht gestört worden wäre.

Unter den erwartungsvollen Blicken seines Vaters war John aufgesprungen und fing sogar an zu stottern: »A… a… also, hier bereite ich die Textblätter vor. Da … dazu steche ich mit einer Nadel die Abstände durch diese Schablone und … und ritze dann mit diesem stumpfen Hölzchen die Zeilen in das … das … Bu… Bü…« Dem armen John fiel anscheinend nicht mehr ein, wie das Papier genau bezeichnet wurde. Er wirkte so nervös, als müsste er sein mündliches Examen ablegen.

»Wir arbeiten auf elfenbeinfarbenem *Whatman*-Büttenpapier«, ergänzte Hektor den angefangenen Satz. »Das kommt in Farbe und Struktur den Pergamenten des Originals am nächsten.«

Interessiert wandte sich Provost Dempsey nun Hektor zu, der ihn zu den restlichen Arbeitsplätzen führte, um ihm die geplanten Arbeitsschritte zu erklären. John und Professor Puddlewick folgten ihnen. Lord Bouring glotzte immer noch auf Johns weißes Blatt und murmelte mit einer überraschend vollen Stimme, die ich bei seinem Äußeren gar nicht erwartet hätte: »Ausgezeichnete Arbeit. Ausgezeichnet.«

Zum Glück saßen Paris und Aeneas weit genug weg und konnten das nicht hören, sonst hätten sie bestimmt laut angefangen zu lachen. Beim Gedanken an die beiden konnte ich ein leises Glucksen nicht unterdrücken. Der Lord schien bessere Ohren als Augen zu haben, denn durch dieses Geräusch war er nun auf mich und das *Book of Kells* aufmerksam geworden. Er schob seinen schweren Körper dicht an mich heran. Eine Mischung aus Pudergeruch und leichtem Körperschweiß stieg mir in die Nase.

»Was haben wir denn da für einen Schatz?« Mit seinem Lorgnon bückte sich Lord Bouring langsam über die gerade aufgeschlagene Seite. Dabei musterte er aber zuerst ausgiebig mich, und vor allem meine Figur. »Selten bekommt man so formvollendet geschwungene Linien so nah zu sehen.« Seine Stimme hatte einen unangenehm anzüglichen Unterton. Ich war ziemlich sicher, dass er nicht das *Book of Kells* meinte, und wurde feuerrot.

»Bouring, kommen Sie hierher. Meine Tochter vermisst Sie schon!«, meckerte Provost Dempsey über die Brüstung hinweg zu uns herüber.

Lord Bouring schien das nicht weiter zu interessieren. Er klebte immer noch neben mir und raunte mir ins Ohr: »Entzückend! Sind Sie eine Bekannte von Miss Mary? Ich habe Sie noch nie im Haus des Provost gesehen ...«

Mir wurde heiß und kalt. Und es geschah genau das, was ich befürchtet hatte: Provost Dempsey kam, um zu sehen, wer oder was seinen Traumschwiegersohn davon abhielt, ihm zu folgen! Er drückte diesen unsanft zur Seite und musterte mich mit zusammengekniffenen grauen Augen. Man sah ihm an, dass er überlegte, wo er mich einordnen sollte. Nach der Hausarbeit am Morgen hatte ich mir noch die Zeit genommen, mein dunkelblaues Sonntagskleid anzuziehen und viel Sorgfalt auf eine schön geflochtene Frisur verwendet. Ich wollte zwischen den anderen auf keinen Fall wie ein Dienstmädchen aussehen! Das war mir offensichtlich gelungen, denn Provost Dempsey schien mich nicht wiederzuerkennen. Trotzdem hätte ich mich unter seinem Blick am liebsten unsichtbar gemacht!

»Wer ist diese Person?«, fragte Provost Dempsey, und in seiner Stimme schwang unterdrückter Zorn mit, als Hektor und sein Vater endlich bei uns angelangt waren.

»Sie kennen unsere Li…«, wollte Professor Puddlewick treuherzig-ehrlich antworten, doch genau in diesem Augenblick musste Hektor plötzlich niesen. Dann beendete er den Satz für seinen Vater.

»Entschuldigung, der Staub hier oben … Sie kennen unsere *liebe Cousine* nicht? Vater, wie konntest du so nachlässig sein, sie unserem Provost nicht vorzustellen?«

Zum Glück verstand Professor Puddlewick, was Hektor ihm zwischen den Zeilen sagen wollte. Einem irischen Hausmädchen würde Dempsey niemals erlauben, das Geschenk für seine vergötterte Königin auch nur anzusehen, geschweige denn, daran mitzuwirken! Er konnte in seiner Position jederzeit dafür sorgen, dass ich nicht nur die Bibliothek, sondern auch das College verlassen musste. Mit etwas Verzögerung wurde das auch Professor Puddlewick bewusst.

»Ach natürlich, wo habe ich nur meine Gedanken! Provost Dempsey, darf ich vorstellen: Miss Helena Puddlewick, die Tochter meines Großneffen. Sie ist den Sommer über in Dublin zu Besuch und hat die Freundlichkeit, ihr herausragendes zeichnerisches Talent für dieses Projekt zur Verfügung zu stellen.«

Ich knickste.

Jetzt kam Professor Puddlewick richtig in Schwung. »Unsere Helena ist eine der größten Verehrerinnen von Königin Victorias Büchern, nicht wahr, mein Kind?«

So dick hätte er nun auch nicht auftragen müssen! Ich wusste nicht einmal, um was es in diesen Büchern ging – ich hatte nur gehört, dass sie recht schlecht geschrieben sein sollten.

Aber Provost Dempseys Gesicht hellte sich bei dieser Lüge gleich ein bisschen auf. »Frauen haben hier im College nichts zu suchen, das wissen Sie so gut wie ich, Professor. Wenn ich für meine Tochter eine Ausnahme mache, ist das etwas anderes.« Dann sah er sich unschlüssig um, heftete seinen Blick auf das Blatt vor mir, auf dem ich gerade vier Adler, die zusammen einen Buchstaben bildeten, skizziert hatte, und sagte: »In der Ferienzeit wird sich allerdings kaum jemand beschweren. Und wenn die junge Dame ihrer Königin einen Dienst erweisen will, möchte ich sie nicht davon abhalten.« Jetzt lächelte er mich sogar mit schmalen Lippen an!

Ich senkte den Blick, und weil ich nicht wusste, was ich sagen sollte, machte ich einfach noch ein mal einen Knicks. Gleichzeitig hoffte ich, dass der Besuch nun endlich abziehen würde, aber so schnell durfte ich noch nicht aufatmen.

»Die reizende Miss Puddlewick wird doch nichts dagegen haben, wenn ich mich gegen alle Konventionen selbst vorstelle? Lord Frederick Warwick Bouring – mit den weiteren Titeln möchte ich Sie nicht langweilen.« Das war die Gelegenheit für Bouring, sich wieder vor den Provost zu drängen. Er griff nach meiner Hand und drückte einen feuchten Kuss darauf. Wie ekelig!

Hilfe suchend sah ich mich um. Professor Puddlewick schien meine Not nicht zu bemerken und Hektors Gesichtsausdruck konnte ich nicht deuten. War er erleichtert, dass die Herren die Lüge geschluckt hatten? Oder missfiel ihm Bourings Zudringlichkeit? Nur John lächelte still vor sich hin, weil ihm die gelungene Maskerade zu gefallen schien.

Lord Bouring selbst bemerkte von alledem gar nichts. Unverblümt sagte er zu seinem zukünftigen Schwiegervater: »Dempsey, diese hübsche Dame sollte auf dem Ball bei Ihnen keinesfalls fehlen! Das sehen sie doch auch so, nicht wahr?«

Provost Dempsey sah das sichtlich anders. Er gefiel ihm natürlich nicht, dass der Bräutigam seiner Tochter sich so offensichtlich nach anderen Mädchen umschaute. Das konnte er nur nicht sagen! Mit zusammengekniffenen Lippen nickte er und murmelte ein unverständliches »Mntwgn«. Dann hatte er es plötzlich sehr eilig, weiterzukommen. »Lassen sie uns jetzt gehen, Bouring. Wir halten ja den ganzen Arbeitsbetrieb auf. Außerdem habe ich noch etwas vor.«

»Ausgemacht. Ausgezeichnet! Miss Mary wird bestimmt nichts dagegen haben, wenn mir auch Miss Helena schon einmal ein Tänzchen reserviert.« Lord Bouring leckte sich bei dieser abschließenden Bemerkung über die Lippen. »Ich habe mich sehr gefreut, Ihre Bekanntschaft zu machen, meine Teuerste!«

Ich nicht, dachte ich und antwortete laut: »Ganz meinerseits.«

9. Kapitel

Lizzy verliebt sich, aber Mary ist zu sehr mit ihren Orakelkarten beschäftigt, um es zu bemerken.

Obwohl ich nach dem langen Tag furchtbar müde war und eigentlich gerne in mein Bett gekrochen wäre, machte ich mich nach dem Abwasch auf den Weg zum Haus des Provost. Mary hatte mich eingeladen und ausgemacht ist ausgemacht! Unterwegs überlegte ich, was Hektor wohl gemeint hatte, als er beim gemeinsamen Abendessen zu seinem Vater sagte: »Mir wäre ein anderer Name für Lizzy lieber gewesen als Helena. Ihretwegen brach schließlich der trojanische Krieg aus.« Bei Hektor war ich nie sicher, ob er etwas im Spaß oder ganz ernst meinte. Professor Puddlewick hatte sich die Hände gerieben, wie ein Schuljunge, der sich über einen gelungenen Streich freut. »Die Tochter meines Großneffen … Ha! Diesen Dempsey haben wir fein reingelegt! Ich finde trotzdem, Helena steht unserem Mädchen recht gut. Immerhin war sie die schönste aller Frauen, und Lizzy kann es mit all den geschminkten Ziegen aus der sogenannten feinen Gesellschaft aufnehmen.« Paris und Aeneas hatten dieses nette Kompliment bestätigt, was mir im Gegensatz zu Bourings kriecherischem Getue nicht unangenehm war.

»Darauf kommt es aber nicht an«, hatte Hektor auf seiner Meinung beharrt.

Wie war nun das wieder zu verstehen? Sollte das heißen, dass er mich nicht hübsch fand? Oder dass er mich zwar hübsch fand, aber nicht geistreich? Über diese Grübelei war ich an der schmiedeeisernen Pforte zum Garten der Provost-Villa angelangt.

Die Dempseys waren an diesem Abend mit John auf einem Empfang und würden bestimmt erst sehr spät nach Hause kommen. Deswegen hatten wir auch ausgemacht, dass ich zu Mary kommen sollte. Diese seltenen Gelegenheiten nutzten wir immer gerne! Es gab so vieles mit Mary zu besprechen, außerdem wollte sie ihre Orakelkarten zu unserer Zukunft befragen. Eigentlich glaube ich an diese Art von Wahrsagerei nicht, aber man kann ja nie wissen!

Die rostigen Türangeln quietschten vertraut, als ich in den Garten der Dempseys schlüpfte. Er war im Vergleich zur Größe der Villa eher klein und schon nach wenigen Schritten auf dem geschwungenen Kiesweg stand ich am Rand des Rasens und konnte die ganze Rückseite des Hauses sehen. Irgendeiner der vergangenen Provosts hatte es vor über hundert Jahren erbauen lassen. Im Grunde genommen war es ein abweisender, massiver Kasten aus grauem Stein, der an ein Gefängnis erinnert. Selbst zum Garten hin gab es keine Terrasse mit verglasten Türen, sondern regelmäßige Fenster, die an diesem Abend alle dunkel waren. Nur zwei Zimmer waren beleuchtet. Ich wusste, dass ganz oben rechts in der Mansarde Miss Grays Zimmer war. Dem schwachen Licht nach zu urteilen, lag sie wahrscheinlich schon in ihrem Bett und las. Aber im Stockwerk darunter, ein Fenster weiter links, dort, wo Mary wohnte, flackerte zusätzlich zur gelblichen Gasbeleuchtung eine kleine Kerze direkt hinter den beiden Fensterscheiben. Das war unser Zeichen! Mary hatte also schon die seitliche Lieferantentür für mich angelehnt. Ein Großteil der Dienerschaft ging nach der Arbeit nach Hause. Alle anderen Angestellten schnarchten vermutlich erschöpft in ihren Kammern, bis auf den Butler und die Kammerzofe von Mrs Dempsey. Die Armen mussten in Alarmbereitschaft bleiben, bis ihre Herrschaft zurückkam, egal, wie spät es wurde. Und es wurde meistens sehr spät, wenn die Dempseys ausgingen! Da die Dienstbotentreppe vor dem Aufenthaltsraum für das Personal lag, war nicht zu befürchten, dass mich jemand entdecken könnte. Sicherheitshalber nahm ich trotzdem meine Lederstiefelchen in die Hand und huschte strumpfsockig die weißen Steinstufen hinauf. Von innen war das hässliche Haus nämlich kostbar ausgestattet. Normalerweise sind Marmortreppen im Dienstbotenflügel nicht üblich! Ich klopfte einmal kurz, zweimal lang an Marys Zimmertür und konnte kaum die Hand zurückziehen, da riss sie schon die Tür auf und umarmte mich stürmisch zur Begrüßung.

»Lizzy, ich habe mich schon so auf dich gefreut! Oder soll ich dich ab jetzt Helena nennen?«

Mary wollte mich sicher nur necken, aber ich konnte

auf die Erinnerung an die unangenehme Begegnung mit ihrem Vater gut verzichten. Meine Freundin war zwar nicht unmittelbar dabei gewesen, doch ich hatte ihr, nachdem er und Lord Bouring gegangen waren, gleich alles erzählen müssen, um mich zu beruhigen. Das anzügliche Verhalten ihres Verlobten hatte ich dabei allerdings etwas heruntergespielt und ihr nur von der Einladung zum Ball berichtet. Auch wenn sie ihn nicht mochte, konnte es sie trotzdem kränken, dass er sich in aller Öffentlichkeit an ein anderes Mädchen heranmachte. »Ich denke, es genügt, wenn ich für deinen Vater und Lord Bouring Miss Puddlewick bleibe«, antwortete ich etwas reserviert und Mary verstand.

»Wollen wir gleich Karten legen?«, fragte sie mit gedämpfter Stimme, zog mich in ihr Zimmer und schubste mich sanft auf die Kante ihres Himmelbetts. »Ich räume nur eben die Handarbeiten weg.«

Ich schaute mich inzwischen um. Mary war erst vor Kurzem aus ihrem schlichten Kinderzimmer neben Miss Grays Raum in das vornehme »Erwachsenen-Stockwerk« umgezogen.

Allein in ihrem Zimmer hätte man vermutlich eine ganze Fischerhütte aus Claddagh unterbringen können – so groß war es! Außer dem riesigen Bett, auf dem passend zum hellblauen Baldachin eine schwere Samtüberdecke mit blutroten gestickten Rosen lag, gab es einen zierlichen Sekretär mit zig Schublädchen und einer lederbespannten Klappe, auf der man schreiben konnte. In einer Ecke am Fenster standen zwei elegante

Stühle, die mit demselben Stoff wie der Betthimmel bezogen waren, und ein rundes Tischchen, auf dem ein Stickrahmen befestigt war, an dem Mary nun wild herumschraubte, um Platz für die Orakelkarten zu machen. Vor den hohen Fenstern hingen in zwei Lagen bodenlange Vorhänge, feine, weiße aus Damastspitzen, und darüber schwere blaue mit eingewebten Blumenranken. Was mir jedoch am besten gefiel, waren die Wände: Die waren nämlich mit richtigen Papiertapeten bespannt, auf denen zarte Veilchen- und Vergissmeinnichtranken mit einem hellgrünen Streifenmuster kombiniert waren. Zu schön! Bei mir zu Hause gab es nur weiß verputztes Mauerwerk, obwohl unser Haus sogar zu den besseren Häusern des Dorfes zählte! Andere Hütten bestanden aus nacktem Stein und hatten bloß einen gestampften Lehmboden.

Durch eine halb offene Tür konnte ich in ein Nebenzimmer schauen, das ich bis dahin noch nie gesehen hatte. Das musste Marys Ankleideraum sein! Er war nicht besonders groß, aber dafür vollgestellt mit Schränken, Truhen und offenen Regalen. Ich registrierte, dass das Gaslicht brannte, obwohl niemand im Raum war – was für eine Verschwendung! Das Zimmer übte eine geradezu magnetische Anziehungskraft auf mich aus, darum stand ich auf und fuhr mit den Fingerspitzen die glatte Wand entlang, bis ich direkt vor der Tür zum Nebenzimmer stand. Irgendetwas hielt mich davon ab, Mary zu fragen, ob ich mich genauer umsehen dürfte, obwohl sie vermutlich gar nichts dagegen gehabt hätte. Also lehnte ich mich mit der Schulter an die Wand und schaute, was ich von hier aus unauffällig erspähen konnte. Der erste Blick hatte mich nicht getäuscht: Wenn die Schränke auch nur halb gefüllt waren, hätte man mit dem Inhalt dieses Ankleidezimmers vermutlich alle Mädchen aus Claddagh gut ausstatten können. Bei uns war es normal, ein, höchstens zwei Kleider für den Alltag und ein Festgewand zu besitzen. Das war meistens ein dunkleres Kleid aus nicht ganz so grober Wolle, welches vor allem in der Kirche getragen wurde. Aber ich kannte auch einige Kinder, die mit einem einzigen Kittel und ohne Schuhe auskommen mussten! Hier reihten sich auf einem extra dafür angefertigten Schuhhalter rund fünfzehn Paar Schuhe: Stiefelchen aus braunem, weißem, schwarzem und rotem Saffianleder und feine Seidenballerinas in allen denkbaren Farben. Auf einem Regalbrett tummelten sich Hüte und Hauben und in einer großen Bodenvase neben der Tür warteten spitzenbesetzte Sonnenschirmchen auf den nächsten Sommertag. Ein gelber mit weißen Tüpfchen hatte sogar einen kleinen Elfenbeingriff in Form eines Entenkopfs! Eine Ecke des Raums war durch einen Paravent abgeteilt, der aus drei Holzrahmen, die mit Seide bespannt waren, bestand. Vermutlich waren dahinter ein Waschtisch und eine kupferne Badewanne. Aber das interessierte mich so wenig wie die kunstvoll gemalten Paradiesvögel auf dem Paravent. Ich konnte nur noch das Ballkleid anschauen, das an einem Bügel hing. Die genauen Details waren von meiner Position neben der Tür nicht zu erkennen, nur dass es sehr elegant geschnitten war, mit einem weit aufspringenden Rock und einem schulterfreien Mieder, an dem eine gestickte Borte glitzerte. So einen Schnitt hatte ich bis dahin nie gesehen, was mich aber noch viel mehr faszinierte, war die Seide. Was für eine Farbe! Dieses mattglänzende Blaugrün hatte das Meer in der Bucht vor Galway kurz vor einem Aprilsturm! Kann man sich in ein Kleid verlieben? Und das auch noch auf den ersten Blick? Wenn ja, tat ich genau das in diesem Moment.

»Oh, Mary, das Kleid!«, rief ich aus.

»Am Paravent? Ganz hübsch, nicht?«, meinte Mary beiläufig und rüttelte an dem gedrechselten Ständer ihres Stickrahmens. *Ganz hübsch.* »Mama hat es bei Worth in Paris bestellt, aber es passt ihr nicht und nun will sie es für mich ändern lassen.«

»Für den Ball?«, fragte ich

»Natürlich, für was sonst? Sie will mich mit allen Mitteln diesem Lord Bouring schmackhaft machen. Vermaledeit!«, fluchte Mary jetzt recht unfein. »Die Schraube geht nicht auf.«

Weil ich fürchtete, dass Mary das feine Holz abbrechen würde, eilte ich ihr zu Hilfe. Mit einem Handgriff war die Schraube gelockert und Mary staunte mich bewundernd an.

»Das kommt von der Hausarbeit. Ich nehme an, du hast noch nie Brotteig geknetet oder Wäsche ausgewrungen? Dafür sind meine Hände aber auch zweimal so breit wie deine«, erklärte ich ihr meine vermeintlichen Herkuleskräfte.

»Das macht nichts, deswegen gibt es ja Handschuhweiter. Damit kannst du die Finger der Glacéhandschuhe dehnen! Wenn du einen brauchst, kann ich dir gerne einen schenken. Ich besitze zwei«, sagte Mary fröhlich, ohne zu merken, dass diese hingeworfene Bemerkung wie eine Ohrfeige für mich war. Emsig mischte sie einen Stapel Karten, den sie aus der Schublade des Tischchens gezogen hatte.

Ich brauchte keinen Handschuhweiter, ich brauchte nicht mal unbedingt Handschuhe, wenn ich auf den Ball gehen wollte. Ich brauchte ein Kleid! Aber ich hatte kein Geld, um mir eines zu kaufen. Fast alles, was ich im Jahr verdiente, also die ganzen zehn Pfund bis auf wenige Pence, schickte ich an meine Eltern, die das Geld dringend für den Unterricht meiner kleinen Geschwister benötigten! Selbst wenn ich nur den Stoff gekauft und Mummy gebeten hätte, mir ein Kleid zu nähen, die Seide würde so viel kosten wie ein halbes Jahresgehalt. Das wurde mir in diesen Minuten klar, aber Mary in ihrem Überfluss und Orakeleifer schien gar nicht auf die Idee zu kommen, dass der Besitz eines Ballkleides nicht das Normalste auf der Welt war.

Und darauf stoßen wollte ich sie nicht.

»Jetzt setz dich schon, es geht gleich los. Hier, heb ab!« Mary hielt mir den Kartenstapel vor die Nase.

Ich tat wie geheißen und sah schweigend zu, wie Mary eifrig das ganze Deck Orakelkarten mit der blau gemusterten Rückseite nach oben auf dem Tisch auslegte. Vier Reihen zu je neun Karten.

»Mamas Freundinnen sind ganz verrückt nach diesem Spiel. Mit solchen Karten konnte die berühmte Wahrsagerin Madame Lenormand die Zukunft voraussagen. Sie wusste sogar, wenn jemand sterben würde«, erklärte mir Mary nun.

»Dass wir alle irgendwann sterben werden, kann ich dir auch ohne Karten weissagen.«

»Ach, Lizzy, nun sei keine Spielverderberin. Stell lieber eine Frage und dann wählst du eine Karte aus. Aber lass dir Zeit, bis du spürst, ob dich eine Karte stärker anzieht als die übrigen.«

»Ich weiß nicht, was ich fragen soll.«

»Also wirklich! Sonst bist du doch auch nicht auf den Mund gefallen. Dann werde ich mir eben eine Frage für dich überlegen.« Mary dachte einen Augenblick nach. »Ja, das ist gut: Wird Lizzy auf dem Ball mit ihrem Liebsten tanzen?«

Heute hatte Mary wirklich gar kein Taktgefühl! Ich fuhr mit der Hand langsam über die Orakelkarten und versuchte, dabei nicht über mein Kleiderproblem nachzudenken. Dann tat ich so, als würde ich von einer Karte ganz besonders angezogen. »Was ist das denn, die zieht wie ein Magnet an mir!« Es machte mir Spaß, Mary in ihrem Aberglauben reinzulegen.

Mary bekam runde Augen und meinte ehrfürchtig: »Du hast Fähigkeiten zu einem Medium! Lass die Karte sehen.«

Ich musste nun doch in mich hineinkichern, als ich die Karte umdrehte. Meine Freundin war manchmal zu naiv!

»Der Baum! Nein, wie aufregend! *Ein Baum tut dir kund, du bleibst stets gesund. Sind's der Bäume viel, kommst du bald ans Ziel*«, las Mary das Sprüchlein auf der Karte vor.

»Und was soll das nun heißen? Der Spruch hat doch mit deiner Frage gar nichts zu tun. Da sieht man, dass diese Wahrsagerei purer Humbug ist!«, beschwerte ich mich.

Aber Mary verteidigte ihre Orakelkarten standhaft. »Von wegen Humbug! Natürlich ist die Antwort verschlüsselt. Du musst spüren, was hinter dem Symbol steht!«

»Gut, dann spüre ich, dass ich keinen Schnupfen bekomme und trotzdem nicht mit meinem Liebsten auf dem Ball tanze, weil ich hier auf der Karte nur einen und nicht viele Bäume sehe, weil ich keinen Liebsten habe und weil Kleider nicht auf Bäumen wachsen wie bei Cinderella.«

»Lizzy, stell dich nicht so an! Wenn man nicht daran glaubt, kann das Orakel nicht funktionieren! Ich mach dir das jetzt vor und stelle meine Frage.« Sie mischte die Karten und legte sie neu aus.

»Werde ich Lord Bouring heiraten?«, fragte sie, während sie mit der Hand über das Deck fuhr.

Auf der Karte, die sie umdrehte, war ein Kreuz zu sehen. »O nein, das Kreuz!«, flüsterte sie entsetzt.

»*Kreuz zeigt immer an, dass sich Leiden nah'n ...*« Mary schossen Tränen in die Augen. »Also werde ich mich nicht gegen meinen Vater durchsetzen können. Ich habe es befürchtet.«

Marys Gejammer machte mich plötzlich wütend. »Kein Wunder, wenn sich deine Weissagungen erfüllen, weil *du* sie selbst erfüllst!«

»Das stimmt doch gar nicht. Madame Lenormand sagt ...«

»Verschone mich mit dieser Scharlatanin! Das Einzige, was die genau wusste, war, wie sie den Leuten ihr Geld aus der Tasche ziehen konnte! Wer bestimmt über dein Leben, du oder neunundvierzig Papierkarten?«, schimpfte ich nun mit Mary. Sie wehrte sich verzweifelt.

»Du hast gut reden, du bist viel stärker als ich! Nicht nur beim Schraubenaufdrehen, auch in deinem Willen! O Gott, ich werde Lord Bourings Frau. Du musst mir eines versprechen ...« – Mary steigerte sich nun völlig in ihr Unglück hinein – »... du musst Paris heiraten!«

»Sag mal, bist du jetzt verrückt geworden?«, fuhr ich hoch. »Paris ist ein wunderbarer Mensch, aber erstens sind die Standesunterschiede zwischen einem Professorensohn und mir gewaltig und zweitens wüsste ich nicht, dass wir ineinander verliebt sind!«

»Aber den Puddlewicks bedeuten Gesellschaftsklassen nichts, das merkt man doch. Ich würde es nicht aushalten, wenn Paris irgendein fremdes Mädchen heiratet. Ihr versteht euch doch gut. Und die Liebe, die wird wachsen, da bin ich sicher«, versuchte Mary, mich zu überzeugen.

Jetzt ärgerte ich mich richtig über sie und ihr Selbstmitleid. »Gestern wolltest du mir noch Hektor oder Aeneas aufschwatzen, heute soll ich deinen Schwarm heiraten, weil du lieber an irgendwelchen Hexenzauber glaubst, anstatt um deine Liebe zu kämpfen! In was für einer Zeit lebst du eigentlich? Bald beginnt das 20. Jahrhundert! Die Frauen fahren Fahrrad und werden Hosen tragen! Mary, das geht zu weit!« Ich sprang vom Tisch auf und schnappte mir mein Wolltuch, das über der Stuhllehne hing. »Lass meinetwegen die Liebe zwischen dir und der dicken Nacktschnecke Bouring wachsen, du willst doch auf deinen ganzen Luxus gar nicht wirklich verzichten! Ich finde einstweilen lieber selbst heraus, zu wem ich gehöre!« Bei diesen Worten sammelte ich meine Schuhe ein. An der Tür drehte ich mich noch mal zu ihr um. Mary saß regungslos und wächsern im Schein der Gaslampe. »Ich gehe jetzt schlafen, denn ich habe noch *vor* dem Frühstück, das mir übrigens keiner ans Bett bringt, einiges zu tun. Gute Nacht, Mary Dempsey.«

10. Kapitel

Lizzy lauscht unabsichtlich.

Unser erster Streit. Das hatte es in der Geschichte der Freundschaft zwischen mir und Mary Dempsey noch nie gegeben. Ich wusste nicht recht, wie ich mich verhalten sollte. Mary wusste es wohl auch nicht, das konnte ich an dem fragenden Ausdruck in ihren Augen sehen, als sich am nächsten Tag in der Bibliothek unsere Blicke zufällig streiften. Weil ich immer noch so wütend und enttäuscht von ihr war, schaute ich weg.

Das sollte sich auch in den kommenden Wochen nicht ändern. Ich war so neidisch, ich gebe es zu! Jedes Mal, wenn Mary in der Bibliothek hinter mir vorbeirauschte, genügte das Rascheln ihres Rockes, um mich daran zu erinnern, dass ich eben doch nicht wirklich zu »ihnen« gehörte, wie ich mir eine Zeit lang eingebildet hatte. Aber war es nicht auch zu gemein? Da hatte ich eine Einladung zu einem richtigen Ball und dann scheiterte alles daran, dass ich mir kein Kleid leisten konnte! Wahrscheinlich hätte ich mit Mary über all diese Gefühle sprechen sollen und wir litten beide in ganz unnötiger Weise. Stattdessen zählte ich immer und immer wieder die paar Pence in meinem Sparstrumpf und rechnete nach, wie viel zu meinem Glück fehlte. Irgendwann gab ich es auf und konzentrierte mich darauf, den Haushalt der Puddlewicks in Ordnung zu halten und gleichzeitig Hektor so gut wie möglich zu unterstützen.

Trotz des Zanks mit meiner Freundin freute ich mich immer sehr auf die Stunden in der Bibliothek. Da wir die kostbare Handschrift ja nicht in Einzelseiten zerlegen konnten, überlegte sich Hektor eine kluge und zeitsparende Methode, wie wir mehrere Seiten gleichzeitig kolorieren konnten, ohne die Originale ständig vor uns zu haben: Er fertigte eine Tabelle mit den im Buch am häufigsten vorkommenden Farben an und nummerierte diese durch. Dann mischte er alle Töne in größeren Mengen, füllte sie in verschließbare Fläschchen und schrieb auf Etiketten die Ziffern. Zwischen die vorgezeichneten Umrisslinien der Bilder und Ornamente notierte Hektor mit Bleistift ganz zart die Ziffern der jeweiligen Farbe. In Porzellanschälchen, die ebenfalls nummeriert waren, holten wir uns kleine Mengen der benötigten Aquarellfarben an unsere Tische und konnten dort die einzelnen Seiten bearbeiten. Wir malten einfach anhand der Zahlen! Ganz zum Schluss wollte Hektor noch über alles drübergehen, Konturen nachziehen, die feinen Nuancen, Farbschattierungen und Details einfügen.

Ich bewunderte ihn von Tag zu Tag mehr. Er zeichnete so herrlich und hatte alles im Blick! Vielleicht freute ich mich deswegen besonders, wenn eine Textseite fertig abgeschrieben war und es wieder etwas durchzupausen gab. Hektor bat dann nämlich extra mich zu sich an den Tisch mit dem *Book of Kells*, was ich als große Auszeichnung empfand. Und das kam gar nicht so selten vor, denn auch zwischen den lateinischen Worten hatten die Mönche nicht mit allerlei Dekorationen, mit Blumenmustern und kleinen Figuren, gespart! Gemeinsam beugten wir uns bei diesen Gelegenheiten über die alte Handschrift und zogen die verschlungenen Motive nach.

Hektor ist Linkshänder. War das der Grund, warum unsere Hände immer wieder aus Versehen aneinanderstießen? Bei der ersten dieser zufälligen Berührungen spürte ich so etwas wie ein schmerzhaftes Ziehen, das durch meinen Arm bis in mein Herz kroch. Ab da musste ich ausprobieren, ob das immer funktionierte. Und das tat es! Einmal wagte ich sogar, Hektor in einem solchen Moment anzusehen. Genau gleichzeitig hob auch er den Kopf. Dabei kam es mir vor, als würde er in mich hineinsehen. Ich spürte, wie die Röte langsam meine Wangen hinaufkletterte und schaute schnell zur Seite. Aber wenn ich dachte, dass ich so meine Verlegenheit vertuschen konnte, hatte ich mich gründlich getäuscht.

Mein Blick traf direkt den von John Dempsey, der seit dem ersten Tag in der Bibliothek an dem Tisch neben dem *Book of Kells* residierte! Wie lange hatte er uns wohl schon beobachtet, anstatt seine Zeilen durchzustechen? Dabei hatten wir wirklich keine Zeit herumzutrödeln!

Der August näherte sich nämlich langsam seinem Ende und es war abzusehen, dass wir bei unserem Arbeitstempo den Termin nicht würden einhalten können. Trotzdem schickte Hektor uns – wie gehabt – am späten Nachmittag nach Hause. Er selbst blieb allein in der Bibliothek und arbeitete bis tief in die Nacht. Dazu bekam er sogar von Provost Dempsey die Sondererlaubnis, eine Petroleumlampe zu benutzen, was eigentlich wegen der Feuergefahr streng verboten war. Meistens kam Hektor nicht einmal zum Abendessen! Und wenn wir vormittags auf der Galerie auftauchten, saß er bereits mit geröteten Augen vor dem *Book of Kells* und hatte schon eine Textseite abgeschrieben.

Ein paar Tage schaute ich mir das mit an, dann beschloss ich, dafür zu sorgen, dass er wenigstens gesunde Nahrung zu sich nahm. Statt der *Ilias* nahm ich *Mrs Beeton's Cookery And Household Management* mit ins Bett. Dieses dicke Buch hatte Mummy jeder ihrer Töchter als Abschiedsgeschenk mitgegeben. Wie lange musste sie heimlich dafür gespart haben! Mummy hielt sehr viel von Mrs Beetons Rezepten und Empfehlungen. Sie meinte, es gäbe kein Problem im Leben einer Frau, für das man nicht in diesem Ratgeber die passende Antwort fände. Das stimmte zwar nicht ganz – Isabella Beeton klammerte dummerweise die Frage aus, wie man aus dem Nichts ein Ballkleid zaubern konnte –, aber ihre Kochrezepte waren wirklich hervorragend. Ich schmökerte immer gerne darin herum und kochte viele der Rezepte nach. Besonders die deutschen

Dampfnudeln fanden bei meinen Puddlewicks großen Anklang.

Jetzt nahm ich mir das Kapitel »Kost für Kranke« vor, denn auch wenn Hektor nicht krank war, konnte ihm aufbauende Nahrung nur guttun! Außerdem war ich in Sorge, dass er krank werden könnte, wenn er sich weiterhin so strapazierte. Ich beschloss, mich an die guten Tipps zu halten und Hektor von nun an regelmäßig ein leichtes Abendessen in die Bibliothek zu bringen. Außerdem wollte ich den Ratschlag Nr. 1847 befolgen und ihm Gesellschaft leisten, während er aß. Damit er aß.

Gleich am nächsten Abend – Hektor hatte sich, wie zu erwarten war, entschuldigt und gesagt, wir sollten ohne ihn essen – setzte ich mein Vorhaben in die Tat um und packte in einen Henkelkorb ein Einweckglas mit heißer Hühnerbrühe, einen kleinen Yorkshirepudding, etwas gedämpftes Gemüse und Frikassee vom Kalb. Dazu das passende Geschirr, Besteck und eine Stoffserviette. Anstelle von Wein entschied ich mich für einen Krug Guiness, unser kräftiges dunkles Malzbier. Das vernebelt den Kopf nicht so! Ich war ein bisschen aufgeregt, weil ich nicht wusste, ob Hektor meinen späten Besuch als Störung empfinden würde. Aber ganz im Gegenteil!

»Lizzy, ich glaube, dich hat ein Engel geschickt. Oder woher weißt du, dass ich kurz vor dem Wahnsinn stehe, wenn ich nicht sofort mit einem lieben Menschen ein paar Sätze wechseln kann?«

Mit diesen Worten begrüßte mich Hektor, als er mich mit dem großen Korb in der einen und einem Windlicht in der anderen Hand die schmale Treppe emporklettern sah. Sein Gesicht wirkte im warmen Schein der Öllampe ganz weich. Und die Sorgenfalten, die sich in den letzten Tagen so bedenklich zwischen seinen Nasenflügeln und Mundwinkeln eingegraben hatten, waren plötzlich wie wegradiert. Hektor streckte sich aus seiner gebeugten Haltung und ließ die Schultern kreisen. Dabei linste er in meinen Henkelkorb, den ich nun neben ihn auf die Tischplatte stellte.

»Meine Nase täuscht mich doch nicht, wenn sie in diesem Weidenkorb Köstlichkeiten der begnadeten Köchin Elizabeth O'Faolain erschnüffelt? Komm, setz dich zu mir und leiste mir ein wenig Gesellschaft«, lud er mich ein.

»Mit dem allergrößten Vergnügen!« Ich freute mich, dass ich ihm weder die kleine Pause noch mich selbst aufdrängen musste, und tischte alle Leckereien vor ihm auf. Dann zog ich mir einen Stuhl neben ihn und legte die Hände in den Schoß. »Ich werde nicht gehen, bis du alles brav aufgegessen hast«, drohte ich.

»In Ordnung, aber dann werde ich einen Bissen vom Pudding übrig lassen«, antwortete er lächelnd. Aber er setzte ernst hinzu: »Keine Sorge. Du sollst nicht auch noch um deinen Schlaf gebracht werden. Der Haushalt und die Zusatzbelastung sind anstrengend genug für ein zartes Mädchen wie dich.«

Er nannte mich zart! Dabei fühlte ich mich gegen

feine Mädchen wie Mary Dempsey grobschlächtig wie ein Brauereipferd. Das erklärte ich Hektor und plötzlich waren wir in eine Unterhaltung verstrickt, wer sich wie fühlte und wie er von den anderen gesehen wurde. Ich hätte nie gedacht, dass sich Hektor, der immer so vernünftig und kontrolliert wirkte, manchmal eine große Schwester wünschte, die ihm sagte, was zu tun sei! Und er ließ sich von mir beschreiben, wie es ist, wenn man ältere Geschwister hat, die immer einen Schritt voraus sind.

Hektor verzehrte seinen Yorkshirepudding bis zum letzten Bissen. Aber ich blieb trotzdem. Es gab so viel zu erzählen! Ohne lange zu fragen, holte ich meine Pinsel und das Blatt, das ich am Nachmittag nicht ganz fertig bekommen hatte. Bis ich zurück war, hatte Hektor das Geschirr und die Töpfe wieder im Korb verstaut und mir Platz zum Arbeiten gemacht. Ganz nah neben sich! So konnten wir weitersprechen und gleichzeitig wuchs der Stapel der fertigen Kopien neben dem *Book of Kells.* Der Glockenturm im Hof hatte schon längst zur Mitternacht geläutet, als wir Seite an Seite und sehr müde nach Hause gingen.

Hektor hätte mich sicherlich nie darum gebeten, aber ich glaube, er war sehr froh, dass ich ab diesem Tag unaufgefordert jeden Abend mit einem Korb voll Essen kam.

Den Morgen, als ich ihm im Nachthemd von der Leiter gefallen war, erwähnte er bei unseren Gesprächen nie. Genau bis zu dem Moment, als ich wirklich sicher war, dass er die peinliche Begegnung vergessen hatte!

Wir saßen, wie an allen vergangenen Abenden, nebeneinander vor dem *Book of Kells*. Mit einem feinen Marderhaarpinsel tupfte ich kleine, krapplackrote Punkte um einzelne Buchstaben. Nur das Kratzen von Hektors Gänsekiel auf dem samtigen Büttenpapier war zu hören. Wir hatten eine Zeit lang nicht miteinander gesprochen, weil Hektor mit dem Abschreiben einiger schwer leserlicher Zeilen beschäftigt war und sich konzentrieren musste. Aus dem Augenwinkel sah ich, dass er gerade die Feder in das Tintenfässchen tauchen wollte, dann aber unvermittelt sein Schreibwerkzeug zur Seite legte und sich zu mir drehte.

»Lizzy, ich kann es nicht länger aufschieben, ich muss dir etwas sagen.«

Erwartungsvoll schaute ich ihm direkt ins Gesicht, aber er wich meinem Blick aus.

»Vielleicht ist jetzt nicht der richtige Zeitpunkt, ich bin zurzeit auf deine Hilfe angewiesen und womöglich stört das, was ich dir sagen möchte, unser Zusammensein. Als du im Nachthemd in der Bibliothek … besser gesagt, *dass* du … was im Grunde genommen unerhört ist …«

Was war das denn? Der sonst so selbstsichere Hektor stotterte plötzlich herum!

Wollte er nach über einem Monat immer noch seine Meinung über mein unschickliches Verhalten loswerden und mir die Leviten lesen, obwohl ich mich so für ihn einsetzte? Oder suchte er die richtigen Worte, um mir etwas Nettes zu sagen?

Ich war leicht verunsichert … Aber es kam etwas weitaus Unangenehmeres als eine Standpauke. Es kam Provost Dempsey!

»Puddlewick, sind Sie da oben?«, krähte seine unverkennbare Stimme unterhalb der Galerie.

Hektor und ich sahen uns erschreckt an. Dempsey durfte uns auf keinen Fall zu zweit in der Bibliothek erwischen! Zum einen war ich hier als Cousine Helena gerade nur so geduldet, zum anderen war es bereits Abend – und ich war alleine mit einem Mann. Das verstieß gegen alle Regeln des College und der oberen Gesellschaft noch dazu! Ich bin sicher, dass Hektor und ich in diesem Augenblick dasselbe dachten. Hilfe suchend sah ich mich um, Dempseys eiliger Schritt war bereits auf den Stufen zu hören. Um über die Galerie zu flüchten war es zu spät …

»Unter den Tisch«, flüsterte Hektor mir zu. Laut rief er: »Ja, ich bin noch bei der Arbeit.«

Eine Sekunde später kauerte ich zwischen den beiden Holzböcken unter der Arbeitsplatte. Im gleichen Moment war Hektor aufgesprungen und schob mit der Fußspitze den Saum meines blau karierten Kleids hinter mir her. Dann sprang er herum und ich konnte seine schwarzen Hosenbeine von hinten sehen.

Diesen beiden Beinen näherten sich nun die ebenfalls schwarzen Hosenbeine von Provost Dempsey.

Seine schwarzen Schnallenschuhe sahen allerdings deutlich neuer und teurer aus. Ich ärgerte mich kurz über mich selbst, weil ich die Schuhe der Puddlewicks schon seit Längerem nicht geputzt hatte. Doch gleich sollte ich Grund für einen noch viel größeren Ärger bekommen!

»Guten Abend, Provost Dempsey.« Man musste Hektor sehr gut kennen, um in seiner Stimme einen Hauch von Nervosität zu bemerken.

»Puddlewick, Sie sind ja unermüdlich. Ich sehe das Geschenk für Königin Victoria ist Ihnen ein Herzensanliegen wie mir«, begann Provost Dempsey. Bevor Hektor sich eine Notlüge ausdenken musste, fuhr er fort: »Ich wünschte, mein Sohn würde sich auch so für meine Ideen einsetzen!«

Hektor erwiderte, dass sich John sichtbar bemühen würde. Was ich sehr nett von ihm fand.

Dempsey erwiderte eisig: »Machen wir uns nichts vor. John besitzt leider nicht den Bruchteil Ihrer Talente. Das sage ich ihm auch regelmäßig, damit er sich mehr anstrengt.«

Wie konnte man so kalt über sein eigenes Kind sprechen! Aber es kam noch schlimmer, jetzt war nämlich Mary an der Reihe.

»Meine Tochter erweist sich gleichermaßen als Enttäuschung. Dabei erwarte ich von einem Mädchen eigentlich nicht mehr, als dass es hübsch aussieht und gehorsam ist …«

Hektor trat unruhig von einem Bein auf das andere

und schwieg. Was sollte er zu so einem Blödsinn auch sagen!

»Tja, Puddlewick, ich habe viel geleistet, aber bei der Kindererziehung scheine ich versagt zu haben. Und Mrs Dempsey ist mit ihren angegriffenen Nerven auch keine Unterstützung.«

»Ihr Fräulein Tochter ist doch eine bezaubernde und begabte junge Dame! Möchten Sie ihre Arbeiten sehen?«, verteidigte Hektor nun Mary.

Das hätte er nicht tun sollen, ich ahnte schon die ganze Zeit, dass der Provost ein Ziel hatte. Er war bestimmt nicht zum Vergnügen noch nach dem Abendessen in der Bibliothek aufgetaucht.

»So, meine Tochter gefällt Ihnen also?«

»Ja … Nein … Nicht *so* …«, stammelte Hektor. Jede Antwort war in diesem Fall unpassend.

»Ich will nicht lange um den heißen Brei herumreden: Ich habe seit geraumer Zeit Pläne, sie vorteilhaft zu verheiraten. Nun ist es so weit. Lord Bouring und ich sind uns endgültig einig geworden, der Termin steht fest und beim Ball wird die Verlobung bekanntgegeben. Mary hat allerdings aufgemuckt, als ich ihr das heute mitteilte. Sie behauptet, sie könne Bouring nicht heiraten. Und ich vermute, dass der Grund dafür hier in der Bibliothek sitzt.«

Mary hat »aufgemuckt«! Ich jubilierte innerlich und vergaß auf der Stelle meinen Ärger über sie. Mary hatte sich meine Worte also doch zu Herzen genommen!

»Ich weiß nicht, was oder wen Sie meinen könnten, Provost«, antwortete Hektor auf Dempseys Verdächtigung und seine Worte klangen so aufrichtig, dass ich mich fragte, ob er wirklich nichts von Marys Schwärmerei für Paris mitbekommen hatte. Das musste doch ein Blinder sehen!

Provost Dempsey stutzte, anscheinend irritierte Hektors Antwort ihn. »Mary würde es nicht wagen, sich querzustellen, wenn nicht ein anderer Mann im Spiel wäre! Dabei kann es sich doch nur um Sie handeln!«

Hier lag also der Hund begraben!

Hektor lachte hell und ehrlich auf. »Nicht dass ich wüsste. Ich zolle Ihrer Tochter allergrößten Respekt, habe aber keinerlei Absichten.«

»Da gibt es nichts zu lachen, Puddlewick. Dann ist es eben einer ihrer Brüder. Wer auch immer meiner Tochter den Kopf verdreht hat, wird dies in Zukunft unterlassen. Wenn Mary sich weiterhin weigert, Lady Bouring zu werden, kann das ernsthafte Folgen für Ihre gesamte Familie haben. Sie wissen, dass Ihr Vater Schulden bei mir hat?«

»Schulden? Ich weiß, dass er einen Großteil seines Gehalts für die College-Bibliothek ausgibt, aber dass er Schulden hat, wusste ich nicht.«

»Nun, dann wissen Sie es jetzt. Ich kann ihm jederzeit den Gerichtsvollzieher ins Haus schicken. Bei einer Pfändung wird nicht viel übrig bleiben. Sie haben mich verstanden?«

Was sollte der arme Hektor angesichts dieser Drohung schon sagen? Vermutlich nickte er schweigend. Und ich kochte vor Wut unter meinem Tisch.

Mit zuckersüßer, falscher Stimme beendete der Provost das Gespräch. »Dann wäre ja alles klar und Sie können Ihr Talent wieder unserem Projekt widmen. Ich habe beschlossen, dass Mary weiterhin mitarbeiten darf, allerdings wird sie ab jetzt von Miss Gray begleitet werden. Nun schauen Sie mich nicht so vorwurfsvoll an, Puddlewick!« Dann setzte er noch eins obendrauf: »Schade eigentlich, einen Schwiegersohn wie Sie hätte ich gerne! Aber was bei einer Ehe zählt, ist das Einkommen! Darauf sollten gerade Sie gut achten …« Dempseys Beine traten einen Schritt näher an Hektor heran. »Wissen Sie was? Damit Sie mir unsere kleine Unterredung hier nicht übel nehmen, mache ich Ihnen einen Vorschlag: Beim Ball werde ich Ihnen ein paar *geeignete* unverheiratete Damen vorstellen, die sich um einen jungen Mann wie Sie reißen werden. Sie müssen sich nur die hübscheste aussuchen, dann sind Sie alle Geldsorgen los!«

Hätte Hektor nicht zwischen mir und diesem Ekel von einem Mann gestanden, ich hätte Dempsey in die Wade gebissen. Bestimmt.

Provost Dempsey war gegangen und mit ihm war der zauberhafte Moment von vorhin verschwunden. Ich wusste überhaupt nicht, was ich tun sollte, denn ich war Zeugin einer hässlichen Erpressung geworden und wusste nun unfreiwillig, wie schlecht es um die Finanzen der Familie Puddlewick stand. Hektor wirkte total niedergeschlagen, was kein Wunder war. Still begann er, die Farbtöpfchen zuzudrehen und die Pinsel in den Wassergläsern auszuwaschen. Dabei war der leuchtend rote Krapplack inzwischen unauflöslich an den feinen Haarspitzen festgetrocknet. Mit einer zornigen Bewegung, die sicher Provost Dempsey galt, schleuderte Hektor den verdorbenen Pinsel plötzlich auf den Boden, wo er bis zum nächsten Bücherregal rollte. Er musste wirklich sehr wütend und verzweifelt sein! Ich hätte ihn so gerne getröstet und ihm Mut zugesprochen, aber mir fiel nichts ein, was nicht hohl geklungen hätte. Darum sammelte ich nur still den Pinsel wieder ein.

»Tut mir leid, Lizzy. Es ist noch nicht sehr spät, trotzdem ist es wohl besser, wenn wir für heute Schluss machen.«

Wie all die Abende zuvor schritten wir durch die klare Nacht nach Hause. Die gewaltigen Ahornbäume wisperten leise ihre Blattgeschichten. Über uns funkelten die Spätsommersterne. Obwohl ich spürte, dass Hektor ganz anderen Gedanken nachhing, wollte ich zu gerne auf das Gespräch von vorhin zurückkommen. Was hatte er mir Wichtiges sagen wollen?

»Du wolltest … vorhin … bevor Provost Dempsey kam …«, setzte ich zaghaft an.

Hektor beantwortete meine Frage, bevor ich sie beenden konnte: »Vorhin? Vorhin war alles anders.«

11. Kapitel

Lizzy lauscht absichtlich.

Im Salon knisterte ein kleines gemütliches Feuer. Aeneas und Paris hatten sich das aufklappbare Spieltischchen vor den offenen Kamin geschoben und spielten Backgammon. Ab und zu griff Paris in den runden Weidenkorb neben sich am Boden und warf ein weiteres Torfstück in die züngelnden Flammen. Professor Puddlewick saß bequem im gepolsterten Ohrenbackenstuhl und war – wie hätte es anders sein sollen – in ein Buch vertieft. Immerhin bemerkte er Hektor und mich, als wir das Zimmer betraten!

»Lizzy, Hektor, schön, dass ihr uns mal wieder Gesellschaft leisten wollt.« Bei diesen Worten legte er seine ledergebundene Lektüre auf die Knie, um die er sich eine braun-blau karierte Wolldecke gewickelt hatte. »Ich nehme an, ihr kommt gut voran?«

Hektor ließ sich seufzend auf das kleine rote Samtsofa fallen, während ich mich direkt neben der Tür an die Wand lehnte. Ich war unschlüssig, ob ich mich auch in den Salon setzen oder lieber gleich die Küche aufräumen sollte, dann würde ich es nicht am kommenden Tag in aller Herrgottsfrühe machen müssen.

»Wie man's nimmt«, antwortete Hektor auf die

Frage seines Vaters, »aber wir werden wohl fertig werden.«

»Und wie läuft es mit deinen Prüfungsvorbereitungen?«, wollte Professor Puddlewick nun wissen.

»Es könnte besser sein, trotzdem gibt es keinen Grund zur Sorge. Ich bekomme das schon hin.«

Jetzt ergriff Aeneas das Wort: »Provost Dempsey war kurz nach dem Abendessen da und hat Hektor gesucht. Ich wusste nicht, ob ich ihn in die Bibliothek schicken sollte – ihr wisst schon, wegen Lizzy – und habe etwas herumgedruckst, aber ich fürchte, er hat euch trotzdem dort gefunden.« Damit drehte er sich zu Hektor um – die Gelegenheit für Paris, heimlich einige schwarze Spielsteine ein paar Felder weiter zu schieben.

»Dempsey findet alles. Der hat doch eine Nase wie ein Bluthund!« Ich wollte den anderen von Provost Dempseys Auftritt berichten. Intuitiv blickte ich zu Hektor, aber dieser bedeutete mir mit einem kaum merklichen Kopfschütteln, den Mund zu halten. Dann übernahm er selbst den Bericht, allerdings in einer abgespeckten Variante.

»Ach, er wollte nur sehen, wie weit die Kopie gediehen ist, und hat nebenbei erzählt, dass Mary sich verloben wird.« Offensichtlich wollte Hektor vor seiner Familie nicht die ganze Wahrheit sagen, um möglichst alle Sorgen von ihnen fernzuhalten. Gespannt beobachtete ich, wie Paris die Neuigkeit von Marys Verlobung aufnehmen würde. Er hörte tatsächlich mit seiner Schummelei auf und hob neugierig den Kopf.

Das war die Gelegenheit, ihm ein bisschen auf die Sprünge zu helfen! »Findet ihr das nicht auch furchtbar? Wenn nicht bald etwas geschieht, wird Mary diesen Lord Bouring heiraten!«, rief ich aus.

»Was soll denn deiner Meinung nach geschehen? Provost Dempsey ist kein Gegner, mit dem sich spaßen lässt! Als Erstes würde er Mary enterben«, meinte Aeneas nüchtern.

Paris wendete sich nun an mich und fragte etwas unsicher: »Da hat Aeneas wohl recht, oder?«

»Natürlich hat Aeneas recht«, fiel Hektor ihm ins Wort. »*Alle* machen am Ende genau das, was Dempsey möchte.«

Das *Alle* betonte er besonders und ich verstand, dass er dabei sich selbst meinte. Meine Kehle wurde eng und ich spürte, wie sich meine Augen mit Tränen füllten.

»Nein! Nein! Es gibt immer Wege, man muss nur darüber nachdenken ... Wir müssen um das, was uns wichtig ist, kämpfen! Ihr könnt doch nicht einfach so aufgeben!« Hilfe suchend schaute ich mich um.

Professor Puddlewick nickte mir anerkennend zu. »Bravo, Kind! Du bist eine echte Amazone! Zeigt dem herzlosen Dempsey, wo es langgeht!!« Er redete sich richtig in Begeisterung. »Penthesileia, nicht Helena hätten wir unser mutiges Mädchen nennen sollen! Du stimmst mir doch zu, Hektor?«

»Auch wenn du es noch nicht bemerkt hast, Vater,

die Zeit der Amazonenköniginnen ist vorbei«, sagte Hektor bitter.

Professor Puddlewick schälte sich kopfschüttelnd aus seiner warmen Decke. »Lass dich von diesem Miesepeter nicht verdrießen, liebe Lizzy. Wenn du mit mir in mein Arbeitszimmer kommst, werde ich dir die Geschichte von der schönen, mutigen Amazonenkönigin Penthesileia heraussuchen. Dir wird sie gefallen!«

Ich folgte dem Professor in den Flur. Paris rief mir hinterher: »Dann schon mal gute Nacht, liebe Lizzy! Bis Vater bei seiner Ordnung ein Buch gefunden hat, sind wir sicher längst im Bett.« Dass er selbst in solch kritischen Momenten noch Witze machen musste!

Aber Paris hatte sich gründlich getäuscht. Das Arbeitszimmer von Professor Puddlewick sah zwar aus wie nach einem Erdbeben. Auf dem Boden stapelten sich Bücher, weil die eingebauten Regale nicht ausreichten. Dazwischen häuften sich allerlei Papiere, Zeitungen und wissenschaftliche Magazine. Doch nach wenigen Minuten war das schmale Bändchen herausgekramt. Zufrieden hielt es Professor Puddlewick in die Höhe. »Von wegen Gute Nacht – hier ist es schon. Ich bekomme mehr mit und bin besser organisiert, als so mancher glaubt. Außerdem kenne ich mein Chaos. Etwas mehr davon würde unserem Hektor übrigens auch guttun.« Er drückte mir das Buch in die Hand. »Jetzt lauf – vielleicht kannst du ein bisschen Unordnung in sein Leben bringen! Zum Lesen hast du später noch Zeit.«

Weil ich wohl ziemlich verdutzt schaute, nahm mich Professor Puddlewick bei den Schultern und schob mich zur Tür hinaus.

Ich verstand nicht, was er mir mit diesem seltsamen Satz hatte sagen wollen. Sehr verwirrt machte ich mich auf den Weg in die Küche. Der Abwasch würde eine gute Gelegenheit sein, über dieses Rätsel weiter nachzudenken. Als ich am Salon vorbeikam, hörte ich, dass sich zwischen den drei Brüdern ein hitziges Gespräch entsponnen hatte.

»... genau wie Lizzy!«, hörte ich Paris aufgebrachte Stimme.

Eigentlich finde ich Lauschen ganz abscheulich. Aber mein Name war gefallen, das war ja gewissermaßen eine Einladung, ein bisschen mitzuhören. Außerdem hätten die drei ja nicht so laut zu reden brauchen, dass jeder, der im Gang vorbeispazierte, zum Zuhören gezwungen wurde! Auf Zehenspitzen schlich ich mich bis zur Tür. Einen Spalt breit stand sie offen, genau richtig, um alles mitzubekommen, ohne dabei gesehen zu werden!

»Sie ist ein Fischermädchen vom Land – da gelten andere Gesetze. Das scheint ihr beide zu vergessen!«, wies Hektor seinen Bruder zurecht.

Ich spürte einen Stich. Dass Hektor so über meine Herkunft sprach, tat weh. Es kam noch schlimmer.

»Wir sind eine unkonventionelle Familie und ich habe immer darauf geachtet euch beizubringen, die Menschen anzuschauen und nicht ihren Stand. Das war wohl ein Fehler. Ihr versteht anscheinend nicht, dass das nur innerhalb unserer vier Wände funktioniert. Die Gesellschaft erlaubt uns diesen Luxus nicht. Du musst unterscheiden zwischen dem, was du fühlst, und dem, was du tust, Paris! Außerdem: Weißt du überhaupt, ob deine Gefühle erwidert werden?«

»Ich spüre das doch, schließlich kenne ich sie lange genug.«

»So, du *spürst* das – so etwas sollte man *wissen!* Wenn es nicht so ist, machst du unser ganzes Leben hier kaputt! Und wenn sie deinen Antrag annimmt, natürlich auch!«, entgegnete Hektor.

Aeneas versuchte, die aufgebrachte Stimmung zu beruhigen. »Je länger ich darüber nachdenke, umso mehr finde ich, Paris sollte es probieren. An seiner Stelle würde ich ihr ein Zeichen geben und abwarten, wie sie reagiert. Das ist wie beim Sport. Wenn der Kampf fair geführt wird, gibt es keine Verlierer!«

Hektor ließ nicht locker: »Völlig richtig, das ist ein ausgezeichneter Vergleich. Beim sportlichen Wettkampf tritt auch kein Schwergewicht gegen einen mageren Ringer aus der Mittelgewichtsklasse an! Hat euch denn jegliche Vernunft verlassen? Und wie will Paris überhaupt ein mittelloses Mädchen ernähren?«

Ich war entsetzt, dass ausgerechnet Hektor so über Standesunterschiede dachte und hoffte insgeheim für Mary, dass Paris sich nicht von ihm überzeugen lassen würde. Er tat es nicht.

»Ich habe etwas gespart und ich kann einen Kredit aufnehmen, bis ich mit meiner Ausbildung fertig bin. Vater wird uns auch unterstützen, er ist nämlich nicht so ein gefühlloser Snob wie du!«

Aeneas war anscheinend nach wie vor auf Paris' Seite. »Hektor, du weißt wahrscheinlich wirklich nicht, wie Paris fühlt, und bist deswegen so streng. Man kann nicht alles kontrollieren, schon gar nicht die Liebe! Wenn Paris nicht bald handelt, werden die Dinge die falsche Richtung nehmen. Wir sehen das ja jetzt schon. Und wenn er erfolglos bleibt, muss er sich nicht vorwerfen, es nicht wenigstens probiert zu haben.«

Hektors Antwort klang traurig: »Was ich fühle und nicht fühle, geht niemanden etwas an. Mach, was du willst, Paris, und renn in aller Ruhe in dein Unglück. Wenn ich in zwei Jahren meinen Doktor habe, werde ich mich um eine Stelle in den Kolonien bewerben. Dort werden Ärzte gebraucht und gut bezahlt. Indien würde mir gefallen.«

Jetzt wurde Paris richtig wütend: »Das ist ja mal wieder typisch. Du hast wirklich nichts anderes als deine Karriere im Kopf! Nun willst du uns auch noch alleine hier sitzen lassen! Mir langt's. Ich gehe ins Bett.«

Mit einem großen Satz versteckte ich mich hinter der hohen Standuhr, die zwischen Salon- und Speisezimmertür stand. Dabei ließ ich vor Schreck das Büchlein über die Amazonen fallen, das ich die ganze Zeit mit vor Aufregung schwitzenden Händen fest umklammert hatte. Auf dem dicken Läufer machte es kaum ein

Geräusch. Ich linste hinter der Uhr hervor, ob ich es noch aufheben könnte. Es lag genau in dem Lichtkreis, den die Gaslampe im Flur beleuchtete. Aber es war zu spät, um es mit dem Fuß heranzuangeln. Schon öffnete sich die Salontür und Paris stapfte wütend heraus. Der Zorn stand ihm gut, seine Augen funkelten noch mehr als gewöhnlich und er wirkte in seiner Entschlossenheit plötzlich männlicher. Mit der Fußspitze trat er genau auf das Buch und ich zuckte zusammen. Er würde sich sicher gleich nach dem Besitzer umsehen und mich womöglich entdecken! Aber Paris stutzte nur einen Moment, sah nach unten und ging dann einfach weiter! Weil ich befürchtete, dass gleich der nächste Puddlewick aus dem Salon kommen würde, blieb ich vorsichtshalber in meinem Versteck. Ich hätte mich in Grund und Boden geschämt, wenn einer von ihnen mitbekommen hätte, dass ich gelauscht hatte! Und das war gut so: Schon trat Hektor in den Flur! Im Gegensatz zu Paris wirkte er nach dem Streit mitgenommen. Seine Schultern hingen herab und er schien unendlich müde. Mit beiden Händen rieb er sich über Stirn und Augen. Vielleicht sah er das verräterische Buch deswegen nicht … Von hinten konnte ich auf seinen Rücken schauen, der so viel schmaler war als der seines jüngsten Bruders. Anstatt in sein Schlafzimmer zu gehen, holte er seine Jacke vom Garderobenständer und wickelte sich seinen Wollschal eng um den Hals, als würde er frieren. Dann griff er sich einen Schlüssel, vermutlich den zur Bibliothek. Leise zog er die Wohnungstür hinter sich zu.

Als Letzter kam Aeneas. Mit einer geschmeidigen Bewegung bückte er sich sofort nach dem Buch auf dem Boden, drehte es nachdenklich zwischen den Händen und blickte sich um. Erschreckt drückte ich mich an die Wand. Nach einer gefühlten Ewigkeit wurde es plötzlich stockdunkel um mich herum. Aeneas hatte wohl in der Annahme, dass alle anderen zu Bett gegangen waren, das Licht gelöscht. Erleichtert und erschöpft zugleich ließ ich mich auf den Boden sinken. An diesem Abend hatte ich so vielen Gesprächen gelauscht, dass sich mir der Kopf drehte. Ich versuchte, all das Gehörte zu sortieren: *Paris liebt Mary,* dachte ich. *Das muss ich Mary unbedingt erzählen. Diese blöde Schmollerei dauert sowieso schon viel zu lange.* Meine Augen hatten sich jetzt so weit an die Dunkelheit gewöhnt, dass die Bilderrahmen an den hohen Wänden wieder zum Vorschein kamen. *Und Hektor? Denkt er wirklich so über die Liebe? Egal – Hektor geht mich bald nichts mehr an. Hektor geht nach Indien.*

Wie lange ich so am Boden saß, weiß ich nicht.

12. Kapitel

Der Heilige Johannes stiftet Verwirrung.

Riesige Elefanten umkreisten mich. Ihre Stoßzähne kamen bedrohlich näher und einige der unheimlichen Tiere begannen, mit ihren Rüsseln an mir herumzutasten. Zwischen ihren Beinen konnte ich nicht herauskrabbeln, ich wusste, sie würden mich zertreten. Da packte mich ein Elefant mit seinem Rüssel und hob mich hoch über seinen Kopf. Ich konnte sehen, dass er auf seinem Rücken ein kostbar verziertes Gestell mit einem seidenen Baldachin trug, unter dem zwei Menschen saßen: Hektor und Mrs Dempsey, Marys Mutter. Sie hatte das meerblaue Seidenkleid aus Marys Ankleidezimmer an und sah wunderschön aus. »Lass sie fallen«, befahl Hektor dem Elefanten, »sie ist doch nur ein Fischermädchen.« Mrs Dempsey lachte laut auf und lehnte sich zärtlich an Hektors Schulter. Der Elefant gehorchte, aber bevor ich fallen konnte, wickelte sich ein anderer Rüssel um mich. Der Mann, der auf dem zugehörigen Elefanten saß, war Lord Bouring! »Dann nehme ich sie, eine Helena habe ich noch nicht in meiner Sammlung«, rief er mit seiner vollen Stimme. Ein weiterer Rüssel ringelte sich um meine Beine und zog daran. Aeneas, der auf einem dritten Elefanten saß, begann mit Lord Bouring zu streiten: »Das ist kein Fairplay! Sie können das Mädchen nicht alleine gegen fünf Schwergewichte antreten lassen.« Die beiden Elefanten begannen an mir zu zerren, ich fürchtete, sie würden mich zerreißen. Hilfe rufend und strampelnd versuchte ich, mich zu befreien.

Jetzt rief Paris Stimme hinter mir: »Sie kann sich schon selbst helfen. Wollten wir sie nicht deshalb Pentilesea oder wie diese komische Königin hieß, nennen?«

»Penthesileia – Paris du musst deine Lektionen gründlicher lernen, sonst wirst du nie so eine schöne Frau bekommen wie ich«, rügte ihn Hektor und legte zur Bestätigung seinen Arm um Mrs Dempseys Taille.

Die Elefanten begannen, mich herumzuwerfen wie eine Puppe.

»Ich bin Lizzy!«, versuchte ich zu rufen, aber aus meinem Mund kamen nur heisere Schluchzer. Während ich durch die Luft geschleudert wurde, entdeckte ich John und Mary auf einem Elefanten, der über und über mit roten Krapplacktüpfchen verziert war. Aber auch sie halfen mir nicht!

Mary versuchte, mir Mut zu machen: »Du musst kämpfen, das hast du doch selbst gesagt!«

Ich begann zu weinen, weil ich spürte, dass ich nicht die Kraft hatte, mich aus den Elefantenrüsseln zu befreien. Ausgerechnet John tröstete mich mitfühlend: »Nicht weinen, hübsche Lizzy. In einem goldenen Käfig langsam zu sterben ist qualvoller als ein schneller

Tod.« Dann gab er dem getüpfelten Elefanten das Zeichen, mich fallen zu lassen …

Ich schrie auf.

Mit einem dumpfen Schlag war ich mit dem Kopf an die große Standuhr geknallt und beide – Kopf und Uhr – hallten noch etwas nach. Bis das metallische Beben verklungen war, wusste ich wieder, wo ich war. Anscheinend war ich in meinem Versteck auf dem Boden des Flurs eingeschlafen und hatte furchtbar geträumt. Mein Körper fühlte sich an, als wären wirklich Elefanten darauf herumgetrampelt. Wie spät mochte es sein? Die Uhr antwortete freundlicherweise umgehend mit ihrem »BimmBimmBimmBimm«.

Vier Uhr morgens. Es lohnte sich kaum mehr, ins Bett zu gehen, es gab genug zu tun. Seit Wochen hatte ich den Haushalt vernachlässigt. In der Küche warteten die verkrusteten Töpfe und Pfannen, Teller und Gläser vom Abendessen auf mich. Die kalte Asche musste aus dem Ofen und den Kaminen gekratzt und entsorgt, alle Böden gefegt und gewischt werden. Außerdem sollten eigentlich regelmäßig die gusseiserne Oberfläche des Ofens und die Kamineinsätze mit einer schwarzen Spezialpaste glänzend poliert werden. Und hatte ich mir nicht auch vorgenommen, die Schuhe der Puddlewicks ordentlich zu putzen und zu fetten? Die verrußten Öllampen gehörten dringend gereinigt. In der College-Wäscherei lagen sicher die sauber gestärkten, duftenden Hemden und die Unterwäsche bereit und wollten von mir abgeholt und in die Schränke sortiert werden. Was ein echter Luxus war, andere Hausmädchen mussten sich selbst um die Wäsche kümmern. Von zu Hause wusste ich noch allzu gut, wie anstrengend die Waschtage sind! Außerdem war heute Samstag, der Tag, an dem ich auf dem Markt für den Sonntag gleich miteinkaufte. Nach dem, was Provost Dempsey gestern über Professor Puddlewicks Schulden gesagt hatte, beschloss ich, noch sparsamer mit dem Haushaltsgeld umzugehen! Dann musste ich das Frühstück zu- und das Mittagessen vorbereiten. Seitdem ich zusätzlich in der Bibliothek beschäftigt war, gab es zum Tee keinen frisch gebackenen Kuchen, sondern Sandwiches und *Short Bread,* Kekse aus Mürbeteig, die ich gut lagern konnte. Aber die bunten Blechdosen in der Speisekammer waren trotzdem schneller leer, als ich den buttrigen Teig auswellen konnte!

Am Vormittag räumte ich außerdem die Schlafzimmer auf und machte die Betten. Das tat ich neben Kochen und Backen am liebsten. Wahrscheinlich, weil ich das große Glück hatte, keine Nachttöpfe leeren zu müssen! Gleich bei meiner Einstellung hatte mir Professor Puddlewick erklärt, dass in seinem Haushalt für diese unerfreuliche Tätigkeit jeder selbst zuständig sei. Deswegen rochen alle Zimmer gut, aber auch so unterschiedlich wie ihre Besitzer: Papier und Druckerschwärze beherrschten Professor Puddlewicks Raum. Bei Paris wohnte ein warmer Babyduft, der auch aus den Kleidern strömte, die er unachtsam auf dem Boden verteilte. Aeneas Zimmer roch nach frischer Luft und Bewegung im Freien. Wie es Hektor gelang, dass bei ihm alles immer nach sauberer, in der Sonne getrockneter – selbst im November, wenn es wochenlang regnete – Wäsche duftete, weiß ich nicht. Ich glaube, ich hätte mit geschlossenen Augen sagen können, in wessen Raum ich gerade war!

Nach all diesen Aufgaben musste ich mich irgendwann auch noch selbst waschen und umziehen …

Mit einem Wort: Ich kam zu spät.

Das passierte nicht zum ersten Mal. Aber heute war Hektor zum ersten Mal ungehalten darüber. Er saß neben Aeneas vor dem *Book of Kells*. Aeneas kopierte gerade die Anfangszeilen einer neuen Seite, Hektor übertrug die Verzierungen der gegenüberliegenden Seite auf ein bereits fertig geschriebenes Blatt. Es gelang ihm, immer nachts noch so viel vorzubereiten und aufzuholen, dass unsere Arbeit tagsüber nicht ins Stocken geriet. »Wir beginnen eigentlich um halb elf«, sagte er trocken, als er mich sah, und schaute dann gleich wieder auf sein Seidenpapier. Der kurze Blick in sein Gesicht hatte aber genügt, um die rot geränderten Lider und die dunklen Schatten unter seinen Augen zu bemerken. Wenn er überhaupt geschlafen hatte, waren seine Träume sicher nicht besser gewesen als meine! Trotzdem fand ich seinen versteckten Vorwurf unfair und ich begann aufzuzählen, was ich seit vier Uhr morgens schon alles erledigt hatte.

»Hör auf, Lizzy, ich bekomme ein schlechtes Gewissen!«, rief Aeneas aus. »Ich verspreche hiermit hoch und heilig, nichts mehr aus der Keksdose zu stehlen.«

»Ist ja in Ordnung. Nur wenn keiner mehr zur vereinbarten Uhrzeit kommt, dann kann ich die Arbeitsschritte auch nicht mehr koordinieren«, entschuldigte Hektor daraufhin seinen schroffen Ton.

Von unten war Fußgetrappel auf der Treppe zu hören. Kurz darauf erschien Paris mit rot erhitzten Wangen auf der Galerie, nuschelte »Musstewaserledigentutmirleidkommtnichtmehrvoralterknabe« und witschte an uns vorbei zu seinem Arbeitsplatz. Sein Zorn vom Vorabend schien schon wieder verraucht zu sein!

»Was war das denn? So eilig hat er es doch sonst nicht, mit der Arbeit zu beginnen.« Aeneas schaute verblüfft hinter seinem Bruder her.

Ich hielt mir die Hand vor den Mund, denn beinahe wäre mir herausgerutscht, dass der gestrige Abend sicher nicht spurlos an Paris vorübergegangen sei. Im letzten Moment fiel mir ein, dass ich das ja gar nicht wissen konnte! Ausnahmsweise war ich John sehr dankbar, der die Aufmerksamkeit nun auf sich zog. Mit bester Laune, das Herrengehabe seines Vaters imitierend, rief er vom Eingang aus quer durch den langen Raum: »Guten Morgen, allerseits, guten Morgen, Professor Puddlewick – herrlicher Tag heute, nicht wahr?« Professor Puddlewick machte einen langen Hals wie ein aufgeschreckter Vogel und winkte dann nach Kinderart fröhlich vom anderen Ende der Galerie zu uns herüber. Wahrscheinlich wusste er gar nicht, von wem die Stimme kam. Auch die beiden Studenten, die still an den Lesetischen unten im Long Room arbeiteten, schauten sich verwundert nach der lauten Stimme um. Kurz darauf lehnte sich John lässig mit dem Rücken an die Brüstung und zog sich langsam seine feinen Lederhandschuhe von den Fingern. Ich stand immer noch neben Hektor, der bisher nicht dazu gekommen war, mir zu sagen, was ich als Nächstes tun sollte, weil ständig jemand dazwischenfunkte.

»Mary lässt ausrichten, dass sie heute erst später kommen kann. Mutter möchte mit ihr zur Hutmacherin.« John plapperte leutselig weiter. »Ab jetzt werden wir übrigens regelmäßig Besuch von unserer lieben Miss Gray auf der Galerie haben. Anordnung von oben. Papa meint, eine Anstandsdame sei angemessen, wo Mary nun verlobt ist. Was denkt ihr …«

Hektor unterbrach Johns Redeschwall: »Ich denke, wir sollten weitermachen. Die vorbereiteten Seiten sind bald aufgebraucht, vielleicht kannst du uns deine Gedanken mitteilen, *während* du auf den nächsten Seiten die Hilfslinien eindrückst? Und nun zu dir, Lizzy, auf deinem Platz liegt etwas, das wird dich für den restlichen Tag beschäftigen.«

Und so war es tatsächlich. Auf meinem Arbeitstisch lag der Heilige Johannes. Bis gestern hatte Mary die Flächen mit den von Hektor vornummerierten Farben gefüllt. So wie es aussah, musste ich nun mit schwarzer Farbe die Bleistiftkonturen nachziehen, was sicher einige Stunden in Anspruch nehmen würde.

Mitten auf dem Heiligen lag aber auch etwas anderes, was mich sogar noch länger beschäftigen sollte: zwei Hände, die ein Herz mit einer Krone umfassten. Ein goldener Claddagh-Ring! Auf *meinem* Platz. Ein Verlobungsring, den ein Mann seiner Liebsten schenkt. Ganz vorsichtig nahm ich den Ring in die Hand. Er war wunderschön gearbeitet und das kühle gelbe Gold fühlte sich gewichtiger an, als es aussah. Langsam drehte ich den Kopf, aber niemand stand hinter mir – um mich herum waren einfach nur Bücher über Bücher. Bücher, die vielleicht schon Spannenderes gesehen hatten, als ein Mädchen mit einem goldenen Ring. Für mich war es das Aufregendste, was mir bis dahin in meinem fünfzehnjährigen Leben passiert war. Jemand hatte mir einen Verlobungsring geschenkt! Ehrfürchtig schob ich ihn über den Ringfinger meiner rechten Hand. Er saß knapp, aber er passte. Ich drehte den Ring langsam im Kreis, betrachtete die kleinen goldenen Hände, auf denen man sogar Fingernägel sehen konnte, die angedeuteten Manschetten, das glatte runde Herz und die zierliche kleine Krone mit ihren Verzierungen. Etwas so Schönes und Kostbares hatte ich noch nie besessen! Und nun? So ein Ring bedeutet in etwa dasselbe wie ein Heiratsantrag, man kann ihn annehmen oder ablehnen! Wie würde ich mich entscheiden? Dabei fiel mir etwas auf: Ich wusste ja gar nicht, von wem der Ring war. Ehrlich gesagt hatte ich im ersten

Moment angenommen, er müsste von Hektor sein, denn er hatte mir ja gesagt, dass er mir *etwas* auf meinen Platz gelegt hätte. Aber je länger ich den Ring an meinem Finger drehte, desto weniger sicher war ich. Vielleicht hatte Hektor auch einfach nur das Blatt mit dem Heiligen Johannes gemeint? Zumindest war er früh genug in der Bibliothek gewesen, um mir den Ring auf den Tisch zu legen. Aeneas allerdings auch. Würde mir Hektor nach dem Gespräch mit Dempsey gestern heute einen Verlobungsring schenken? Ja? Nein! Vielleicht doch ... Vielleicht hatte er das mit dem »Fischermädchen« gar nicht so gemeint ... Ein leises Geräusch hinter mir ließ mich zusammenfahren. Ohne lange nachzudenken, rupfte ich mir den Ring vom Finger und ließ ihn in der Rocktasche meines Kleides verschwinden.

Verstohlen schaute ich über die Schulter – fast als wäre ich bei etwas Verbotenem ertappt worden. Hinter mir stand Hektor. Also war der Ring von ihm, ich hatte es richtig gespürt!

»Ich wollte mich noch einmal für meinen schroffen Ton vorhin entschuldigen und sehen, ob alles in Ordnung ist.« Mit diesen Worten trat Hektor dicht neben mich, ein Hauch von Lavendelseifengeruch umwehte ihn. Angestrengt starrte ich auf mein Blatt, aber der Heilige Johannes hielt ungerührt sein Schreibgerät anstelle einer klugen Antwort für mich in der Hand. Hektor wirkte plötzlich etwas unsicher: »Du verzeihst mir doch, Lizzy?«

Angesichts dieser direkten Frage blieb mir gar nichts anderes übrig, als ihn anzusehen. »Natürlich, ich weiß ja, dass du überarbeitet bist und dass deine Sorgen seit gestern nicht kleiner geworden sind …« Ich versuchte, so normal wie möglich zu klingen, aber meine Stimme war heiser und ich konnte nicht verhindern, dass mir das Blut in die Wangen stieg.

»Ja, gestern war ein hässlicher Tag. Es wurden viele Dinge gesagt, die ich lieber nicht gehört hätte. Leider kann ich dieses Gestern jedoch nicht aus meinem Leben streichen.«

Hektor sah mich nachdenklich an, dann strich er langsam mit der Außenseite seiner Finger über meine Wange. Seine Hand war glatt und kühl, wie der goldene Ring in meiner Tasche. »Lizzy, deine Augen glänzen und du kommst mir fiebrig vor. Du wirst mir doch nicht krank werden? Ich brauche dich dringend, weißt du das eigentlich?«

Ich musste mich räuspern, aber jetzt hatte ich nicht nur einen Frosch, sondern eine dicke Kröte im Hals. Würde er mir nun seinen Antrag machen? Prüfend legte mir Hektor die ganze Hand flach auf die Stirn. Eine seltsame Art, jemandem seine Liebe zu gestehen!

»Nein, heiß bist du nicht. Trotzdem solltest du dich schonen, deine Pausen einhalten und früh zu Bett gehen.« Dann wendete er sich dem Blatt, das vor mir lag und auf dem gerade noch der Ring gelegen hatte, zu: »Die Konturlinien müssen gemalt werden, das hast du dir wahrscheinlich schon gedacht …«

Ich nickte, was er nicht sehen konnte, weil er mit kritisch zusammengezogenen Augenbrauen das Bild musterte.

»... aber was ist das denn? Mary hat ja vergessen, den Sessel des Heiligen blau anzumalen!«

»Wie bitte?« Ich schaute ihn wohl sehr verwirrt an, aber das Gespräch, wenn man diese einseitige Unterhaltung überhaupt so nennen konnte, hatte auf einmal eine ganz andere Wendung genommen, als ich erwartet hatte.

Freundlich erklärte Hektor: »Lapislazuli, Nr. 4. Du musst zuerst den Sessel kolorieren, vorher machen die Konturen keinen Sinn. Schau dir das Blatt noch mal im Original an und wie gesagt – die Pause nicht vergessen!«

Mit diesem guten Rat verschwand Hektor und ich war so schlau wie zuvor. Um nicht untätig rumzusitzen, tat ich wie geheißen, nahm ein sauberes Porzellanschälchen, studierte die wunderschöne Seite mit dem Heiligen Johannes im echten *Book of Kells,* gegen die unsere Kopie doch nur plump wirken konnte, und suchte dann das Fläschchen mit der Nr. 4 im Farbregal, um mir von der Farbe etwas in mein Schälchen abzufüllen.

Da, wo das Lapislazuliblau hätte stehen sollen, klaffte eine Lücke. Irgendein Schussel hatte anscheinend die ganze Flasche mitgenommen! Ich beschloss, mit der Suche bei Paris anzufangen. Und ich hatte mich nicht getäuscht: Er lümmelte mit untergeschlagenem Bein auf seinem Platz, den Kopf in die linke Hand gelegt, und pinselte versonnen ein geometrisches Muster blau an. Dabei tunkte er seinen Pinsel direkt in das Fläschchen. Ich schalt ihn, weil er die ganze blaue Farbe genommen hatte.

»Teuerste, nicht schimpfen – das habe ich nur gemacht, damit du mich hier hinten besuchen kommst!« Mit einem charmanten Lächeln beugte er sich vor, um nach dem Fläschchen zu greifen.

Bei dieser Bewegung rutschte aus seinem lässig aufgeknöpften Hemdkragen ein goldener Anhänger an einer Kette. Das Gegenstück zu meinem Ring! Dieselben Hände, Herz und Krone – nur alles eine Spur größer, sodass der Ring gut an eine Männerhand passen würde.

»*Du* hast den Claddagh-Ring ...«, entfuhr es mir lauter, als ich eigentlich wollte.

»Pssst!« Paris senkte verschwörerisch die Stimme. »Lass uns später sprechen, wenn niemand zuhören kann. Wann können wir uns treffen?«

Ich? Wieso nicht Mary? Meine Gedanken und Gefühle purzelten wild durcheinander. »Ähm ... irgendwann ... später«, stammelte ich und wollte mich schleunigst davonmachen.

»He, lauf mir nicht einfach so davon! Wolltest du nicht etwas Lapislazuli mitnehmen?«, beschwerte er sich.

Mit zitternden Händen goss ich in einen Schwaps Farbe in mein weißes Schälchen. Zum Glück tropfte nichts daneben.

13. Kapitel

Mary sagt diesmal ganz ohne Karten die Zukunft voraus.

Wie sollte ich das Mary erklären?

Ich war froh, dass ich nun über meinem Blatt sitzen und endlich in Ruhe nachdenken durfte. Der vergessene Sessel leuchtete nach kurzer Zeit wie das Blau des Himmels, wenn sich nach einem Platzregen schlagartig die Wolken verziehen. Nun folgte die Spitze meines Pinsels den verschlungenen Formen in den kreuzförmigen Ornamenten rund um den Heiligen und zog feine schwarze Linien, dort, wo Hektor und ich sie zuerst mit Bleistift vorgezeichnet hatten. Meine Gedanken folgten diesen Mustern und fanden keinen Anfang und kein Ende: Alles war miteinander verknüpft wie die unzähligen Fäden einer Klöppelspitze. Ob die Künstler, die sich vor über tausend Jahren diese Muster ausgedacht hatten, auch mit so komplizierten Überlegungen beschäftigt gewesen waren? Wohl kaum, es waren ja Mönche! Andererseits: Warum sollten nicht auch Männer, die ihr Leben dem Glauben verschrieben hatten, verwirrende Gefühle gehabt haben, aus denen sie keinen Ausweg finden konnten?

Ich begann in einer Ecke des nächsten Kreuzes: *Der*

Ring ist von Paris. Ich versuchte, mich genau an das zu erinnern, was ich am Abend zuvor gehört hatte. Jetzt zählte jedes Wort!

Marys Name ist nicht gefallen. Paris muss also mich gemeint haben. Wieso ist mir nie aufgefallen, dass Paris mich mag? Mary hat es ja schon immer gesagt, dass er zu mir genauso charmant sei wie zu ihr … Ich habe das für Spaß gehalten. Was soll ich Paris nun sagen, er wartet auf eine Antwort von mir … Und wenn ich gar nichts mache? Vielleicht merkt er dann, dass er mir nicht gefällt. Aber das stimmt so auch nicht, er ist der schönste Junge, den ich kenne! Hektor hat gestern also auch nicht Mary gemeint … Er ist gegen eine Verbindung mit mir, weil ich arm und unter ihrem Stand bin – nach dem, was ihm Dempsey über die Schulden seines Vaters offenbart hat, ist das nachzuvollziehen. Trotzdem kränkt es mich. Dieser schauerliche Provost Dempsey! Mir kam sein Auftritt in der Bibliothek wieder in den Sinn. *Mary wehrt sich gegen ihren Vater, weil ich ihr dazu geraten und ihr eingeredet habe, dass Paris ihre Gefühle erwidert. Und wenn ich ihr nun sage, dass das alles umsonst war, weil Paris in mich verliebt ist? Das kann ich ihr nicht antun – sie würde zusammenbrechen und ihren Kampfgeist verlieren! Aber als Freundin muss ich doch ehrlich sein. Wäre es nicht einfacher, weiter zu schmollen? Nein, das ist nicht einfach, sondern feige! Ich werde so bald wie möglich mit ihr reden, genauso wie ich es mir gestern vorgenommen habe!*

Kaum hatte ich das gedacht, hörte ich hinter mir das

vertraute Rascheln von Marys Rock und drehte mich um. Sie erschien im Rahmen des Durchgangs. In ihrem taubengrauen Kostüm mit den eingewebten schwarzen Tüpfchen war sie wie immer höchst elegant gekleidet. Aus dem hochgeschlossenem Kragen und den Ärmelenden rüschelten sich spinnwebenzarte schwarze Spitzen. Auf ihren hellblonden Haaren saß sogar ein passendes Hütchen mit einer Rosette aus Silberreiherfedern. Die Kombination war sehr edel, aber fast etwas zu damenhaft für meinen Geschmack. Nachdem Mary mir unsicher zugenickt hatte, richtete sie den Blick wieder geradeaus auf den nächsten Durchgang, der zu ihrem Arbeitsplatz führte. Sie konnte natürlich nicht wissen, was ich mir gerade überlegt hatte. Seit Wochen hatte ich ihren Blick gemieden. Ich sprang auf und lief mit ausgestreckten Händen auf sie zu. »Mary, ich muss unbedingt ...«

Mary riss erschreckt die Augen auf und legte den Zeigefinger auf die Lippen. Ich wollte beinahe wieder beleidigt sein, wenn sich nicht gleich darauf der Grund für ihr Verhalten gezeigt hätte. Miss Gray, die hatte ich ja ganz vergessen! Sie versuchte, mit einem Arm ihre Krinoline zusammenpressen, um sich durch den Durchgang zu quetschen, und gleichzeitig im anderen Arm einen aufklappbaren Stuhl zu transportieren. Das Gesicht, das sie dabei machte, harmonierte gut mit ihrem verbeulten Rock. Vielleicht wäre sie gar nicht so hässlich gewesen, wenn sie nicht wirklich alles dafür tat, möglichst alt und unattraktiv auszusehen! Ihre schwarzen Haare trug sie streng gescheitelt und im Nacken geknotet, da wagte kein Löckchen herauszuspringen. Ihr ebenso schwarzes schlichtes Kleid war wahrscheinlich auch vor fünfzig Jahren schon nicht modisch, sondern altbacken gewesen. Und dass sie immer noch an ihrer veralteten Krinoline festhielt, konnte ich wirklich nicht verstehen! Dieses Untergestell aus Drahtreifen, die mit Bändern aneinanderhingen, war nicht nur unbequem und sperrig, sondern auch gefährlich. Es hatte schon tödliche Unfälle gegeben, wenn Frauen mit diesen Dingern zu nah an offene Feuer geraten waren.

Miss Gray war es inzwischen gelungen, sich und den Klappstuhl durch den Durchgang zu manövrieren. Nun stand sie steif neben Mary und starrte mich mit zusammengepressten Lippen an.

»Guten Tag, *Helena,* darf ich dir Miss Gray vorstellen? Ich habe ihr schon viel von dir erzählt. Miss Eleanor Gray – Miss Helena Puddlewick. Miss Gray ist so freundlich, mir in nächster Zeit in der Bibliothek Gesellschaft zu leisten«, erklärte Mary ruhig.

Ich deutete einen kleinen Knicks an, den Miss Gray hölzern erwiderte. Mir fiel auf, dass sogar ihre flinken kleinen Augen schwarz wirkten. Wie sollte ich an diesem durchdringenden Blick vorbei Kontakt zu Mary aufnehmen? Als Helena Puddlewick war ich für Miss Gray eine flüchtige Bekannte von Mary und konnte keineswegs über die wirklich interessanten Dinge sprechen, sondern höchstens ein paar belanglose Sätze über

Kleider und das Wetter mit ihr wechseln … Halt, vielleicht war das die Lösung!

»Wie schön, Sie endlich kennenzulernen«, log ich Miss Gray an, dann wandte ich mich an Mary. »Liebe Mary, du siehst wie immer ganz entzückend aus! Aber ist dieses reizende Kostüm nicht zu warm? Ich habe das Gefühl, dass heute endlich wieder die Sonne herauskommt. Es war auch schon viel zu lange so bewölkt!« Ich hoffte, dass ich nicht zu dick aufgetragen hatte, wir hatten seit Tagen typisch irisches Wetter. Das heißt, dass sich Regenschauer mit einem strahlend blauen Himmel mehrmals am Tag abwechselten.

Mary verstand, was ich ihr sagen wollte, und lächelte mich strahlend an. »Der Sommer kehrt zurück? Nein, was für schöne Aussichten! Da sind wir aber froh und schwitzen doch gerne ein bisschen, nicht wahr, Miss Gray?«

Miss Gray nickte mit einem Gesicht, das das Gegenteil ausdrückte. Irgendwie wollte ich Mary noch klarmachen, dass ich dringend mit ihr reden musste. »Ich will dich nicht länger aufhalten, aber später musst du mir unbedingt noch verraten, zu welchem Friseur du hier in Dublin gehst.«

»Wenn du Adressen in der Stadt brauchst, werde ich dir nachher gerne ein paar Tipps geben«, versprach Mary.

Ich war so froh, Mary war mir nicht böse! Jetzt musste sich nur noch eine Gelegenheit finden, wie wir uns in Ruhe und ohne Zuhörer aussprechen konnten!

Auch Mary schien es mit der Aussprache eilig zu haben. Eine halbe Stunde später erschien sie mit ihrer Gefängniswärterin wieder an meinem Platz. Sie legte eine fertig geschriebene, einfarbige Textseite vor mich und deutete auf eine Zahl: »Entschuldige bitte die Störung, liebe Helena. Ich kann die kleine Bleistiftnummer in diesem Buchstaben nicht erkennen, vielleicht kannst du mir weiterhelfen?«

»Das muss eine Drei sein, also Smaragdgrün«, antwortete ich und überlegte sofort, ob in dieser Frage eine Mitteilung versteckt war. Aber die Mitteilung lag nicht in der Frage, sondern kurz darauf in meinem Schoß. Sehr geschickt hatte Mary ein kleines zusammengefaltetes Zettelchen fallen lassen, bevor sie sich mitsamt ihrem Blatt und der düsteren Miss Gray wieder entfernte.

Liebste Lizzy, wir treffen uns in der Pause unten im Hof. Ich habe schon eine Idee, wie ich den Drachen loswerde.

Mit der Aussicht auf eine ungestörte Aussprache mit meiner Freundin hielt ich mich an Hektors Rat, ließ kurz vor zwölf meinen Pinsel fallen, schlug mir mein großes Wolltuch locker um die Schultern und verabschiedete mich in die Pause.

Draußen lehnte ich mich an einen der alten Ahornbäume und beobachtete eine große weiße Möwe, die mit beiden Füßen auf den Rasen trommelte. Mit diesem Trick versuchte sie, einen Wurm aus der Erde zu locken. Daddy hatte mir einmal erklärt, dass die Würmer dann dachten, es würde regnen, und aus Angst vor dem Ertrinken ihre Köpfe herausstreckten. Ich ließ meinen Blick über den sonnigen Hof zu den ihn begrenzenden Gebäuden wandern, weil ich nicht mitansehen wollte, wie der arme Regenwurm in die Falle tappte.

Es gab nichts Besonderes zu entdecken, niemand war unterwegs. Man merkte deutlich, dass immer noch Ferienzeit war, auch wenn die ersten Blätter langsam gelb wurden und das Ende des Sommers ankündigten. Das Einzige, was auf menschliches Leben hinwies, war das Fahrrad, das an der langen Wand des Bibliotheksgebäudes lehnte. Aeneas fuhr jetzt immer damit herum, selbst die kurze Strecke von unserer Haustür zum Eingang der Bibliothek.

Aus dem Eingang der Bibliothek kam nun Mary, pünktlich zum Glockengebimmel des Campanile. Natürlich war sie nicht alleine, Miss Gray, »der Drache«, folgte ihr auf den Fuß, und kurz darauf stürmten auch John, Paris und Aeneas heraus. Ich begann, auf und ab zu schlendern, damit es nicht so aussah, als hätte ich auf Mary gewartet.

Aus den Augenwinkeln konnte ich beobachten, dass Mary heftig auf Miss Gray einredete und diese nicht weniger heftig den Kopf schüttelte. Wahrscheinlich wollte Mary sie irgendwo hinschicken, aber Miss Gray ließ sich nicht abwimmeln. »Das ist doch nicht zu fassen!«, rief Mary laut und stampfte ungeduldig mit dem

Fuß auf. Dann ging alles ganz schnell: Mary raffte ihren Rock, stopfte den Saum blitzschnell in den Bund und schnappte sich das Fahrrad, das nicht weit von ihr an der Wand lehnte. Nicht nur Miss Gray, auch ich und alle anderen schauten fassungslos, was sie vorhatte. Schon saß sie auf dem Sattel.

Dann rief sie in meine Richtung: »Mein Friseur heißt übrigens Stephan Grün! Das wolltest du doch wissen – STEPHAN GRÜN!!!«, und brauste davon.

Wir konnten noch das Hütchen von ihrem Kopf kullern sehen und schon war Mary durch das Tor des Trinity College verschwunden. Ich lief zu den anderen, um zu beraten, was wir tun sollten. Miss Gray rüttelte John verzweifelt am Ärmel: »Wir müssen unbedingt den Provost informieren, um Gottes willen, wenn Miss Mary etwas passiert – das wird er mir nie verzeihen!«

John meinte gelassen: »An Ihrer Stelle, werte Miss Gray, würde ich schleunigst mein Schäfchen einfangen! Alles andere wird mein Vater Ihnen sehr übel nehmen.« Miss Gray schnappte nach Luft, kreiselte einmal um die eigene Achse und jagte dann hinter Mary her. Sie sah aus wie ein aufgescheuchtes schwarzes Huhn, das vor dem Schlachter davonlief. Unter Tränengelächter stieß John hervor: »Mein Schwesterchen überrascht mich in letzter Zeit immer wieder aufs Neue! Und unserer Miss Gray wird ein bisschen Bewegung sicher guttun.«

»Es wird ihr doch hoffentlich nichts passieren?«, fragte Paris besorgt und meinte sicher nicht Miss Gray. »Draußen im Straßenverkehr der Stadt ist es doch viel gefährlicher, Fahrrad zu fahren, als hier im Hof.«

»Wenn ich wüsste, in welche Richtung Mary gefahren ist, könnte ich sie vielleicht einholen. Im hinteren Hof steht noch ein Fahrrad.« Aeneas rannte los – und ich hinterher.

»Warte!«, rief ich. »Ich habe eine Idee, wo sie hingefahren sein könnte. Kannst du mich mitnehmen?«

Es war nicht ganz einfach, seitlich auf der Stange zu sitzen, mit der Hand mein Kleid hochzuhalten und mich gleichzeitig am Lenker festzuklammern, ohne gegen Aeneas zu lenken. Zum Glück bin ich starken Seegang gewohnt! Bis wir das College-Gelände über die Sportplätze Richtung Stadtzentrum verließen, hatten Aeneas und ich das gemeinsame Gleichgewicht gefunden. Und dann machte mir unsere abenteuerliche Fahrt richtig Spaß! Der Gegenwind wehte mir ins Gesicht und an meiner Schläfe kitzelten mich Aeneas' blonde Haare. Wir müssen ein seltsames Bild abgegeben haben, denn schon auf der Nassau Street drehten sich die ersten Leute nach uns um. Aeneas trat in die Pedale, so kräftig er konnte, und steuerte waghalsig zwischen einem Pferdefuhrwerk und einem Eselskarren mit Mehlsäcken hindurch. Dann überholte er sogar ein richtiges Automobil, das uns empört hinterherhupte! Zwischen seinen Armen, die links und rechts von mir den Lenker hielten, fühlte ich mich absolut sicher. Unsere Köpfe steckten so nahe beisammen, dass ich ihm erzählen konnte, wo Mary meiner Meinung nach hingefahren war: zum St. Stephen's Green, dem Stadtpark mitten im Zentrum Dublins. Denn nur das konnte der Name »ihres Friseurs«, Stephan Grün, bedeutet haben.

Die prächtigen Auslagen in den Schaufenstern von Brown Thomas flitzten an mir vorüber, aber ich hielt den Blick sowieso meistens auf die Straße gerichtet. Hier gab es ein solch unübersichtliches Getümmel von Reitern, Kutschen und Lieferanten mit Sackkarren, dass ich fürchtete, jeden Moment ein verbeultes Fahrrad unter einem der schweren Fuhrwerksräder klemmen zu sehen. Der Weg zum St. Stephen's Green war zum Glück nicht sehr weit, und bei Aeneas' sportlichem Tempo waren wir schon nach wenigen Minuten am Ende der Grafton Street angelangt.

Gegenüber der Kreuzung ragte der steingraue Triumphbogen auf, durch den man den eingezäunten Park betreten konnte. Nach der rasanten Fahrt bremste Aeneas behutsam ab und half mir auf den Boden. Lange hätte ich es auch nicht mehr ausgehalten, denn obwohl ich mit der langen Unterhose, dem Unterrock und meinem Kleid ganz gut gepolstert war, wurde mein Sitzplatz langsam unbequem!

»Und nun? Wie willst du Mary hier finden?«, fragte mich Aeneas, von dem wilden Getrete noch ganz erhitzt.

»Wenn sie wirklich den Park gemeint hat, dann gibt es eigentlich nur einen Platz: die Brücke über den

Teich!«, überlegte ich, denn hier hatten Mary und ich schon einmal einen ganzen Sonntagnachmittag nebeneinander gestanden, Brotkrümel für die Enten ins Wasser geworfen und von unseren Wünschen und Träumen gesprochen. Es war einer der seltenen Tage gewesen, an dem Mary sich mit einer Ausrede von ihrer Familie absetzen konnte und Miss Gray freihatte.

Ich hatte mich nicht getäuscht: Aeneas und ich mussten nur einen baumverschatteten Miniaturwald durchqueren, dann sahen wir einen Fahrradlenker und Marys elegante Silhouette im Gegenlicht über die gemauerte Brüstung der Brücke ragen. In Ermangelung von Brotstücken, zupfte sie Blätter von einem Ästchen und ließ sie ins Wasser segeln.

Mary entdeckte uns gleich und kam mir entgegengestürmt. Es fühlte sich an, als würden wir uns nach einer langen, unfreiwilligen Trennung endlich wieder umarmen dürfen!

Aeneas meinte ritterlich: »Jemand sollte das Tor im Auge behalten, falls Drachen angreifen. Wenn die Enten genug Blätter gefressen haben, könnt ihr mich abholen, dann begleite ich euch zurück ins College.«

Taktvoll zog er sich zurück und nahm gleich das zweite Fahrrad mit. Über die Schulter rief er Mary noch zu: »Übrigens, alle Achtung für diesen Spurt! Du solltest dich im Radrennklub anmelden, Mary!«

Ich glaube, er war trotzdem ziemlich froh, sein schönes Royal Sunbeam unverbeult und ohne Kratzer zurückzuhaben!

Und Mary und ich waren überglücklich, uns selbst wieder zurückzuhaben! Erst jetzt merkte ich, wie sehr mir meine Freundin die ganze Zeit über gefehlt hatte und wie dumm es gewesen war, sich in diesen blöden Neid hineinzusteigern. Mary ging es wohl genauso, zweimal setzten wir genau gleichzeitig an zu sprechen und mussten dann lachend abbrechen. Beim dritten Versuch gelang es mir zuerst, etwas zu sagen: »Ich war so dumm!«

Und schon fiel mir Mary ins Wort: »Vielleicht waren wir beide dumm, aber ich war dümmer!« Als ich widersprechen wollte, schüttelte sie ernst den Kopf. »Höre mir bitte zuerst zu, Lizzy! Ich bin sehr froh, dass du erst heute auf mich zugekommen bist. So hatte ich genug Zeit, über all das, was du mir an den Kopf geworfen hast, nachzudenken.«

Ich wurde rot bei der Erinnerung an den Orakelabend in Marys Zimmer, weil ich fand, dass ich mir viel zu viel herausgenommen hatte.

Aber Mary sah das anders: »Du hattest so recht! Das Wichtigste im Leben ist doch, seinen Gefühlen zu vertrauen und sich in keine Form pressen zu lassen. Ich bin so viel glücklicher und habe endlich wieder Freude am Leben, seitdem ich das verstanden habe. Auch wenn mein Vater mir mein Einkommen streicht und die Puddlewicks nicht viel Geld haben – Paris und ich werden reich sein, weil wir uns lieben!«

Eine kleine Welle der Übelkeit stieg in mir auf. Mary aber strahlte, ihre Wangen hatten endlich wieder einen rosa Farbton und mir schien, dass sie sogar etwas zugenommen hatte. Und nun musste ich ihr sagen, dass derjenige, für den sie gerade so stark wurde, leider ihre beste Freundin liebte.

»Vielleicht habe ich mich ja doch getäuscht und es war nicht richtig«, meinte ich etwas zaghaft.

»Jedes Wort war richtig! Ich habe dummes Zeug geredet damals, nicht du. Wenn ich daran denke, dass ich dir sogar vorgeschlagen habe, Paris zu heiraten. Das war geradezu absurd!«

»Absurd, so, findest du …«

»Natürlich! Schau mich nicht so unglücklich an, Lizzy! Dank deiner Unterstützung habe ich mich gestern sogar getraut, meinem Vater zu widersprechen! Und dafür möchte ich dir danken.«

»Mary, wirklich, du hast keinen Grund mir zu danken. Ich muss dir auch dringend etwas sagen«, wehrte ich mich. Ich steckte wirklich in der Klemme. Aber ich musste aufrichtig sein und zwar am besten sofort.

Doch Mary ließ mir dazu keine Gelegenheit. »Nein, unterbrich mich bitte nicht. Du hast mir die Augen geöffnet, ich war wirklich ein egoistisches Hühnchen, das nur über sich selbst nachgedacht hat. Ich möchte dir gerne etwas schenken. Kannst du morgen Vormittag zu mir kommen, wenn alle in der Kirche sind?«

Was hatte Mary vor? Auf meinen fragenden Blick hin erklärte sie: »Ich verrate dir nur eines: Mary Dempsey wird schreckliche Migräne haben und zu Hause im Bett liegen.«

»Ach, Mary, mach es nicht so spannend.« Jetzt wurde ich doch neugierig! Aber selbst wenn sie es gewollt hätte, Mary kam nicht mehr dazu, mir zu sagen, was sie vorhatte. Als müsste er einen Rekord brechen, rannte Aeneas den Kiesweg entlang. Irgendwie gelang es ihm bei diesem Tempo, auch noch beide Fahrräder zu schieben.

»Drachenalarm!«, rief er schon von Weitem.

Eine Mutter, die mit ihren beiden Kindern im Park spazieren ging, packte ihre Kleinen an den Händen und riss sie mit sich vom Weg in eine Blumenrabatte. Sie fürchtete wahrscheinlich, dass der Verrückte sie über den Haufen rollen könnte. Und der kleine Bub in seinem braunen Samtkleidchen, der sofort anfing zu weinen, fürchtete sich vielleicht vor einem echten Drachen!

Mary und ich wussten dagegen sofort, was Aeneas gemeint hatte: Miss Gray nahte! Sie hatte Marys geheime Botschaft also auch verstanden und war direkt zum St. Stephen's Green gelaufen. Zum Glück hatten wir die Fahrräder – und der Park hatte an jeder Ecke einen Ausgang!

Um halb eins saßen wir, als könnten wir kein Wässerchen trüben, an unseren Tischen. Eine Viertelstunde später schnaufte Miss Gray die Galerie entlang. Ich nickte ihr zu, als sie an mir mit giftsprühenden Blicken vorbeizog. Dann konnte ich hören, wie Mary hinter dem Regal neben mir vorwurfsvoll zu ihr sagte: »Aber Miss Gray, haben Sie etwa einen Stadtbummel gemacht? Sie wissen doch, dass wir nur eine halbe Stunde Pause machen!«

Ich konnte nicht anders, als mich zu freuen – über Mary und auf morgen.

14. Kapitel

John sieht mehr, als er sehen sollte, und bleibt dabei weiterhin undurchsichtig.

»Darf ich wirklich alles anschauen?«, fragte ich noch einmal, weil ich es nicht glauben konnte.

»Natürlich, schau dich in aller Ruhe um. Deswegen bist du hier!«, forderte Mary mich fröhlich auf.

Wir standen in ihrem Ankleidezimmer, mitten im Schlaraffenland der Mode. Jetzt konnte ich alles, was ich bisher nur von Weitem bewundert hatte, genau betrachten und sogar anfassen: Die spitzenbesetzten Sonnenschirmchen mit ihren glatten Griffen aus Ebenholz und Elfenbein in der großen Bodenvase. Das Regalbrett, auf dem Marys Hauben und Hüte so appetitlich aufgereiht lagen, dass man hätte meinen können, die Seidenblüten und künstlichen Beeren seien gerade frisch aus dem Garten darauf drapiert worden. Die glänzenden Schuhspitzen auf ihren Zedernholzformen, die allesamt so wirkten, als hätten sie noch nie eine schlammverspritzte Straße berührt. Dann zog Mary die oberste Schublade einer Kommode auf: Hier warteten seidene Strümpfe, Mieder und Unterhemden aus fast durchsichtigem Baumwollbatist darauf, von ihrer Besitzerin getragen zu werden. Außerdem gab es einen

Frisiertisch mit einem Satz Bürsten und Kämmen aus Perlmutt. Aus lackierten Schächtelchen, die an sich schon eine Augenweide waren, ringelten sich Haarbänder aus mattem Samt und glänzender Seide. An diesem Tisch war ein länglicher Spiegel angebracht, der an zwei runden Gelenken in verschiedene Positionen gekippt werden konnte. Und dann klappte Mary vier Spiegeltüren ihres riesigen Kleiderschranks auf. Schulter an Schulter hingen darin wollene Mäntel, pelzbesetzte Umhänge, Jacken aus Tweed, Kostüme mit den unterschiedlichsten Krägen, luftige helle und schwere dunkle Kleider, ernste Röcke und duftige Blusen.

Ich brachte den Mund nicht mehr zu. »Das *alles* gehört dir?«

»Ja, aber es macht mich nicht glücklich.« Mary wurde nun ernst. »Lizzy, es hat eine Zeit gedauert, bis mir nach unserem Streit aufgegangen ist, dass es nicht selbstverständlich ist, wenigstens *ein* Ballkleid zu besitzen.«

Nachdem ich all diesen Überfluss nun so greifbar nahe vor mir hatte, konnte ich sie besser verstehen. In der Welt, in der Mary aufgewachsen war, liefen Kinder nicht im Winter barfuß mit Frostbeulen und aufgesprungenen Fußsohlen durch den Schnee. Und woher sollte sie von Not und Armut wissen, wenn ihr niemand je davon erzählt hatte? Ich war wirklich zu streng mit ihr gewesen!

»Aber nun sag schon, warum ich heute am helllichten Tag unbedingt zu dir kommen sollte!«, bat ich Mary ungeduldig, obwohl ich langsam ahnte, dass sie mir sicher nicht alle ihre Schätze zeigte, um mir dann eine lange Nase zu drehen. Und genauso war es auch.

»Such dir eines aus. Das, das dir am besten gefällt. Es gehört dir!« Mary nahm mich an den Schultern und bugsierte mich zur fünften Schranktür, die bis jetzt noch geschlossen war. Dahinter befanden sich die Ballkleider, genau sieben Stück. Ein Duft von getrocknetem Lavendel, Rosenblättern und Bergamottöl umhüllte die schimmernden Stoffe und schützte sie vor Motten.

Ich traute mich gar nicht, die wunderbaren Kleider anzufassen.

Mary brach den Zauberbann, indem sie einfach willkürlich zu einem Bügel griff und das daran hängende Kleid hervorzog. Es war aus weißer Spitze und so geschickt in Falten gelegt, dass es von vorne schmal wirkte; aber über dem Gesäß sprangen die Stoffmassen auf und rieselten wie Zuckerguss auf den Boden, um in einer kleinen Schleppe auszulaufen. Das Oberteil hatte schmale Träger. Nur eine Girlande aus roten Seidenrosen zog sich über den Ausschnitt, rankte sich einmal um das Mieder und folgte dann im Zickzack dem Faltenwurf des Rockes auf der Rückseite.

»Was ist – gefällt es dir nicht?«, fragte Mary mich, weil ich immer noch nichts sagte.

»Mary, das ist wunderschön! Aber …« Ich wollte noch sagen, dass all diese Kleider viel zu kostbar für mich seien, doch ich kam nicht dazu.

»Nichts ›aber‹! Ausziehen! Oder genierst du dich?«, wollte sie wissen und deutete auf den Paravent in der Zimmerecke, an den ich mich noch gut von meinem letzten Besuch bei ihr erinnern konnte. Daran hatte das meergrüne Kleid gehangen, das der Auslöser für meinen Neidanfall gewesen war. Und es hing nach wie vor an derselben Stelle. Heute entging Mary der Blick nicht, mit dem ich es ansah. »Es war inzwischen zweimal bei der Schneiderin und passt mir immer noch nicht richtig. Mama ist schon am Verzweifeln«, erklärte sie mir.

Nicht viel später war Mary selbst am Verzweifeln, denn ich steckte nur zur Hälfte in dem herrlichen weißen Kleid. Ein Sortiment von komplizierten Unterröcken hatte ich schon an. Darüber lag die Tournüre, eine Art Kissen, das man sich um das Hinterteil bindet, um die Form des Rockes zu unterstützen. Das eigentliche Problem aber war das Oberteil: Mary zog und zerrte an den Schnüren des Korsetts, das ich unter dem Mieder tragen sollte. Aber selbst wenn sie mehr Kraft in den Händen gehabt hätte – die Häkchen ließen sich nicht schließen. Das Kleid war zu eng.

»Verflixt«, schimpfte Mary vor sich hin, »zieh den Bauch ein und halt die Luft an!«

Ich japste: »Gnade! Lieber gehe ich in Unterwäsche mit diesem blöden Kissen auf dem Po auf den Ball, als mich von dir umbringen zu lassen.«

Mary musste lachen. Dann sagte sie gespielt streng: »Wer schön sein will, muss leiden. Wir probieren jetzt das Hellblaue.«

Doch das hellblaue Kleid passte nicht, und auch nicht das kobaltblaue. Vom gelben Kleid ließ sich immerhin ein Drittel der Häkchen schließen, aber ich war nicht sehr traurig, als sich der Rest weigerte. Aufgrund der Farbe sah mein Gesicht vor dem großen Wandspiegel so aus, als hätte ich gerade eben Typhus überstanden. Das rote und ein anderes weißes Kleid probierte ich gar nicht erst an, weil Mary meinte, dass sie diese beiden am längsten hätte und sie somit sicher noch enger und außerdem unmodern wären. So blieb nur noch ein Kleid, dessen Seide einen fahlen Ton irgendwo zwischen Fliederlila und Grau hatte. Der Taft war auf dem ausladenden Rock in mehreren Reihen in strengen Ziehharmonikafalten angebracht. Schmale schwarze Samtbänder verdeckten die Nähte. Es hatte einen eckigen Ausschnitt, kleine, bauschige Ballonärmel und sah ein bisschen wie eine ungarische Husarenuniform aus.

»Das habe ich noch nie getragen, weil Mama es dann doch zu streng fand. Vielleicht haben wir damit Glück.«

Es passte. Zwar saß es nicht sehr gut und ich hatte das Gefühl, in einer Eisenzange eingeklemmt zu sein, aber immerhin konnte Mary alle Knöpfe und Häkchen schließen. Sie umkreiste mich und musterte mich von oben bis unten.

»Na, was meinst du?« Gespannt wartete ich auf ihr Urteil. Meine Gefühle machten seit ungefähr einer Stunde eine Berg- und Talfahrt über die Gipfel der

Twelve Bens, dem herrlichen Gebirge in meiner Heimat. Mit jedem Kleid stieg und fiel meine Hoffnung, doch noch auf den Ball gehen zu dürfen, die ich in den vergangenen Wochen komplett begraben hatte.

»Mhmm. Mit einem schwarzen Federfächer und dem passenden Schmuck wäre es eigentlich sehr hübsch. Aber das Korsett ist unmöglich, schau mal, das schaut hier oben raus.« Mary zupfte an der weißen Kante, die sich tatsächlich unglücklich mit der lilafarbenen Linie des Ausschnitts überschnitt.

An was man alles denken musste! Ich ließ die Schultern hängen.

Aber Mary gab nicht auf. »Daran wird es nicht scheitern. Mama hat sicher das passende Korsett für diese Ausschnittform irgendwo in ihren Schubladen. Ich muss nur einen Augenblick suchen. Zieh dich inzwischen schon mal aus! Wir haben genug Zeit, der Gottesdienst ist noch lange nicht vorbei.« Mary hakte flink die Verschlüsse an meinem Rücken auf und hastete aus dem Ankleidezimmer.

Einen Moment lang stand ich einfach nur da und begann zu verstehen, was gerade mit mir geschah: In knapp vier Wochen würde ich als Helena Puddlewick auf meinem ersten richtigen Ball tanzen! Ich, Lizzy O'Faolain, in einem Kleid von Mary Dempsey. Deswegen stand ich jetzt hier in meiner weißen Unterwäsche in ihrem Ankleidezimmer. Aber sah man mir nicht trotzdem an, dass ich ein Dienstmädchen war? Egal, was ich trug? Ich wollte mich einmal von allen Seiten im

Spiegel sehen und drehte mich um mich selbst. Dabei fiel mein Blick wieder auf das meergrüne Kleid, das am Paravent hing, Marys Ballkleid. Es war so schön! Vor Mary hatte ich mich nicht getraut, das zu sagen, sie sollte nicht denken, dass mir ihr Kleid besser gefiel als all die schönen anderen, von denen sie mir sogar eines schenken wollte. Aber ehrlich gesagt, es war genau so! Vorsichtig näherte ich mich dem Paravent.

Das Kleid war so wunderbar, dass ich es streicheln musste. Die matt schillernde Seide fühlte sich unter meinen Fingerspitzen glatt und kalt an. Es war ganz schlicht und trotzdem besonders geschnitten – ein eng anliegendes, figurbetontes Mieder, das die Schultern frei ließ, und ein in alle Richtungen weit ausladender Rock. Ungewöhnlich waren auch die Verzierungen an dem schön geschwungenen herzförmigen Ausschnitt: Während die meisten Modelle mit Seidenblumen, Rüschen und Schleifen geschmückt waren, hatte dieses hier eine hauchfeine Borte aus gestickten Seesternen, türkisfarbenen und hellblauen Fischchen, kleinen Muscheln aus echtem Perlmutt sowie grauen und weißen Perlen. Ein zarter Perlen- und Paillettenregen schauerte zwei Hand breit über den Rocksaum wie die Gischt auf den Wellen des Ozeans.

»Traumzauberkleid für Meerjungfrauen«, sagte ich leise vor mich hin und fuhr mit dem Finger an der Borte entlang.

Ohne lange nachzudenken, nahm ich das Kleid vom Bügel und schlüpfte hinein. Ich weiß nicht, warum!

Einmal, nur ganz kurz, wollte ich mich damit im Spiegel sehen.

Oberteil und Rock wurden seitlich geschlossen und ich konnte es einfach selbst zumachen, allerdings ließ ich jedes zweite Häkchen aus, damit ich mich schnell wieder ausziehen konnte, bevor Mary mit dem Korsett zurückkam. Sie sollte mich nicht in ihrem Kleid sehen, das wäre mir wirklich peinlich gewesen! Natürlich passte es mir, selbst ohne Korsett, wie sollte es anders sein. Ich konnte sogar normal atmen!

Als ich aufschaute und mich in dem hohen Spiegel sah, erschrak ich. Das Mädchen, das mir entgegenblickte, war die Meeresprinzessin, von der uns Mummy abends vor dem Einschlafen erzählt hatte. Sie war auf einmal wahr geworden.

Ein Jammer, dass mich niemals jemand so sehen würde! Ich drehte mich ganz langsam hin und her, um den Tanz der Lichtstrahlen auf der Seide und den kleinen Perlen zu beobachten …

Plötzlich spürte ich einen Blick auf mir. Zuerst dachte ich, es sei mein schlechtes Gewissen, und machte mich sofort daran, das Mieder wieder aufzunesteln. Dabei sah ich in dem gekippten Spiegel am Frisiertisch, dass ich mich doch nicht getäuscht hatte. Halb verborgen hinter der Tür des Ankleideraums stand John und starrte mich mit einem seltsamen Gesichtsausdruck an, den ich noch nie an ihm gesehen hatte. Erstaunt, vielleicht auch bewegt. Er fuhr sich mit der Zungenspitze über die Lippen. Wie lange stand er schon da? John hatte sich so postiert, dass ich ihn im großen Wandspiegel nicht sehen konnte. Hatte er mich womöglich schon beobachtet, als ich noch in meinem dünnen Unterhemd und der langen Unterhose dastand? Was sollte ich jetzt tun? Ihn zur Rede stellen und wegschicken, wo ich doch gerade quasi doppelt verboten im Ankleidezimmer seiner Schwester heimlich ihr Ballkleid anprobierte? Mich vor seinen Augen wieder ausziehen? Oder in Marys Kleid auf Mary warten, die jeden Moment zurückkommen musste? Letzteres schien das kleinste Übel zu sein. Da hörte ich auch schon die kleinen Tappgeräusche ihrer Absätze auf dem Steinboden des Treppenhauses. Aber es war nicht Marys Stimme, die schrill rief: »Miss Mary, Sie sollten doch im Bett liegen!«

Der Drachen Miss Gray! Und ich saß hier in der Falle: Zum Ankleideraum gab es nur die eine Tür von Marys Zimmer aus, in das nun unüberhörbar ihre unselige Gouvernante hineingestapft war. Wenn Mary nicht im Bett lag, würde sie sie bestimmt als Nächstes im Ankleideraum suchen. Ich stand gelähmt wie ein Karnickel angesichts der Schlange. Da passierte etwas Unglaubliches. John glitt ins Zimmer, packte mich fest am Handgelenk und drückte mich mit einer schwungvollen Bewegung hinter den Paravent. Fast wie ein Tänzer, der seine Partnerin in einer Pirouette drehte. Ich strauchelte und fiel rückwärts über eine harte Kante – den Rand von Marys Kupferbadewanne. Wenigstens war gerade kein Wasser darin!

Dort blieb ich erst einmal hocken, wartete ab und lauschte.

»Siehst du, Mary, Miss Gray findet das auch. Mit Migräne ist nicht zu spaßen. Sonst wird das noch chronisch, wie bei Mama!«, hörte ich John in meine Richtung sagen. Dann sprach er offensichtlich zu Miss Gray: »Stellen Sie sich vor, Mary wollte unbedingt in den Garten, um Rosen zu schneiden. Sie meinte, der Geruch würde ihr guttun. Könnten *Sie* das vielleicht übernehmen?«

Aber Miss Gray war um Mary besorgt. »Ich hole Ihnen natürlich die Blumen, aber zuerst bringe ich Sie in ihr Bett, Miss Ma…«

»… ähm, ich glaube meine Schwester braucht noch einen ungestörten Moment, nicht wahr, Mary?«, fiel John ihr ins Wort.

Ich sah mich um, wofür ich einen »ungestörten« Moment brauchen könnte, und entdeckte neben einem geschmiedeten Gestell mit Wasserkrug, Waschschüssel und Handtuch einen Nachttopf aus Porzellan.

»Miss Gray kann jetzt gleich in den Garten gehen, *nicht wahr, Mary?*«, wiederholte John mit Nachdruck.

»Mhm«, versuchte ich Marys etwas höhere Stimme nachzumachen.

»Sehen Sie, es ist alles in Ordnung«, überzeugte John Miss Gray. »Bis Sie wieder hier oben sind, wird Mary brav in ihrem Bettchen liegen. Ich gebe Ihnen mein Wort.«

Nicht viel später reichte mir John die Hand und zog

mich lächelnd aus der kupfernen Badewanne. »Ich liebe es, Miss Gray auszutricksen«, erklärte er mir. »Aber du bist mir jetzt trotzdem etwas schuldig. Vielleicht einen Tanz? Wenn du auf dem Ball so reizend aussiehst wie gerade eben, werden mich alle Männer beneiden. Es wird ja niemand wissen, wer du wirklich bist.«

Ich wusste nicht, ob ich das als Kompliment auffassen sollte, hauptsächlich war ich aber froh, dass ich so glimpflich davongekommen war.

»Danke für deine Hilfe. Und John, könntest du … also Mary weiß nicht …« Ich schaute schuldbewusst an mir herunter.

John verstand. »Ich werde schweigen wie ein Grab. Das kostet allerdings zwei Tänze. Je länger ich dich anschaue, desto besser verstehe ich, was gewisse Personen in dir sehen … Aber jetzt sieh zu, dass du aus dem Kleid rauskommst.«

Das Kleid schwankte noch an seinem Bügel, als Mary hereinkam. Aufgeregt flüsterte sie mir zu: »Ich habe ein passendes Korsett gefunden, tut mir leid, dass es so lange gedauert hat. Aber das kannst du jetzt nicht mehr anprobieren, ich werde dir zum Ball alles rechtzeitig schicken. Stell dir vor, John und Miss Gray kruschteln schon unten in der Halle mit irgendwelchen Blumen herum! Du gehst am besten wieder über die Dienstbotentreppe, so wie du gekommen bist.«

Nach dieser ganzen Aufregung war ich ziemlich erleichtert, als ich endlich in meiner Küche stand und die

Hühnerbrüste mit einer Mischung aus Brot und Gewürzen für das Mittagessen füllte. Danach rochen meine Hände auch nicht mehr nach Johns Parfüm.

15. Kapitel

Nachdem ein paar Perlmuttknöpfe zerbrochen sind, zerbricht auch noch ein Porzellanschälchen.

Der Stapel der fertigen Blätter wuchs, während die Zeit dahinschrumpfte. Und es war immer noch nicht absehbar, ob wir wirklich rechtzeitig fertig werden würden! Oft nahmen Kleinigkeiten wie ein verzierter Buchstabe, aus dem ein Adlerkopf wuchs, mehr Zeit in Anspruch, als man vorher dachte. Hektor schien nur noch in der Bibliothek zu leben. Es kam immer häufiger vor, dass ich nach dem Frühstück, bei dem er jetzt ebenfalls regelmäßig fehlte, sein Bett machen wollte und es unbenutzt vorfand. Entsprechend unausgeschlafen sah er aus – seine Haut wirkte fahl und seine dunkelblauen Augen hatten neuerdings die Farbe von trübem Teichwasser.

Auch Aeneas entging der Zustand seines Bruders nicht. Um ihn zu entlasten, arbeitete er inzwischen selbst in zwei Schichten. Abends brachte ich nun beiden ein Lunchpaket, die zweisamen Stunden auf der Galerie gab es nicht mehr. Seitdem ich wusste, wie Hektor über meine Herkunft dachte, war das vielleicht auch besser so. Ich konnte ja verstehen, dass ihm die Schulden seines Vaters großen Kummer bereiteten und er unbedingt versuchen wollte, dessen schöne Traumwelt aufrechtzuerhalten. Trotzdem fühlte ich mich gekränkt! Wenn sich unsere Blicke trafen, war da etwas Ziehendes in seinen Augen, als wollte er mich um Verzeihung bitten. Oder war er einfach nur dankbar, weil ich ihm neben Aeneas am meisten half? Darüber sprechen konnte ich auch nicht mit Hektor, dann hätte ich ja zugeben müssen, dass ich heimlich gelauscht hatte. Ein Glück, dass Aeneas auf seine natürliche Art meistens fröhlich vor sich hin plapperte …

Er war der einzige der drei Brüder, mit dem ich mich noch unverkrampft unterhalten konnte, denn Paris ging ich seit der Sache mit dem Ring nach wie vor lieber aus dem Weg. Was hätte ich ihm auch sagen sollen? Ich wollte unbedingt zuerst mit Mary sprechen und das war so gut wie unmöglich, weil Miss Gray seit Marys abenteuerlicher Flucht zum St. Stephen's Green wie eine Klette an ihr klebte. Wir konnten nur das Allernötigste auf kleinen Zettelchen austauschen, die wir uns gegenseitig in den Schoß fallen ließen. Ehrlich gesagt: Ein bisschen war ich froh darüber, denn ich hatte furchtbare Angst vor diesem Gespräch. Tag für Tag leuchtete Mary mehr – das würde ich womöglich mit einem Schlag kaputtmachen! Natürlich hatte ich auch Angst, dass Mary auf mich böse sein könnte, weil Paris mich lieber mochte als sie. Und das, wo *sie* es mir mit ihrem Kleid ermöglichte, auf den Ball zu gehen! Ich steckte in einer schrecklichen Zwickmühle!

Insgeheim hoffte ich, dass sich in den verbleibenden

Wochen bis zum Ball alles irgendwie von selbst auflösen würde.

Doch das Gegenteil war der Fall, es wurde noch komplizierter! Denn auch Johns Verhalten hatte sich verändert …

Seit ich in Marys Meerjungfrauenballkleid hinter ihrem Paravent in der Kupferbadewanne gesessen hatte, war er nicht mehr derselbe.

Es fing damit an, dass er meistens vor oder zumindest gleichzeitig mit mir zum Arbeiten in der Bibliothek eintraf. Er blieb dann wie alle anderen die ganze vereinbarte Zeit über da, was fast noch seltsamer war, denn in den ersten Wochen hatte er ständig wichtige »Verpflichtungen« gehabt, die ihn von der Arbeit abhielten. Allerdings schaute er meistens nur zu, was die anderen machten, und kommentierte deren Arbeiten. Sein Lieblingsobjekt für diese Zwecke war nun ich geworden. Am Anfang hatte es mich noch nervös gemacht, wenn John, während ich eine der kleinen Figuren zwischen den wunderschön geschwungenen Buchstaben kolorierte oder mit roten Minipunkten umtüpfelte, mit beiden Ellbogen gestützt auf meiner Tischplatte lehnte und mir auf die Finger schaute. Bald gewöhnte ich mich aber daran und fand sogar ein gewisses Vergnügen an dem, was er mir nebenbei erzählte. Manchmal musste ich sogar laut auflachen. John war und blieb ein Angeber, aber erstens waren seine Geschichten meistens sehr lustig – wenn er seine Späße auch immer auf Kosten anderer wie zum Beispiel von Miss Gray machte –, und zweitens bemerkte ich, dass sich hinter dem Großmaul John noch ein anderer, unsicherer Mensch versteckte. Es war wohl so, wie Hektor einmal über ihn gesagt hatte: Er hatte es mit seinem Vater nicht leicht!

Trotzdem war mir nicht ganz klar, warum John plötzlich *so* nett und aufmerksam zu mir war. Bislang hatte er mich immer spüren lassen, dass ich ihm unterlegen war, und nun war es fast so, als wollte *er mich* beeindrucken.

Eines Vormittags stellte er mir sogar ein beschriftetes Porzellantöpfchen mit duftender rosafarbener Handcreme hin. »Ein kleines Geschenk für *Miss Puddlewicks* Fingerchen. Sie kommen mir etwas zu rau für eine Dame vor …« Ich war sprachlos! Noch nie hatte sich jemand Gedanken um meine Hände gemacht. Zufällig kam Hektor dazu, wie ich andächtig den ersten erbsengroßen Tupfen auf meinem Handrücken verrieb und daran schnupperte. Er schaute von mir zum Cremetiegel, dann zu John und wieder zu mir. Was er sah, schien ihm nicht zu gefallen. Das konnte ich daran erkennen, wie er die Mundwinkel leicht nach unten zog und dann mit einem spitzen »Lasst euch bitte nicht stören« nach dem benötigten feinen Pinsel griff und damit verschwand.

John sah ihm grinsend nach. »Was ist dem denn über die Leber gelaufen?« Hektors Reaktion schien John gut zu gefallen. Er pfiff den ganzen Tag fröhlich vor sich hin. Oder freute er sich darüber, dass mich die kostbare Handcreme so glücklich machte?

Die gute Laune verging ihm wieder, als sein Vater und Lord Bouring aufkreuzten, wie immer kurz vor der Teepause.

Provost Dempsey schien sich langsam Sorgen zu machen, dass sein geplantes Präsent nicht rechtzeitig fertig werden könnte, und kontrollierte uns neuerdings täglich.

»Zweiundsiebzig von achtundneunzig Seiten ... Wie ich sehe, fehlt hier noch einiges. Der Termin rückt näher, in vierzehn Tagen ist es so weit! Alle Beteiligten sollen sofort herkommen!«, kommandierte er so laut, dass Hektor uns gar nicht extra holen musste. Nachdem wir uns alle um den Provost und das *Book of Kells* gruppiert hatten, hielt er eine kleine Ansprache. »Ich fordere von jedem von euch maximalen Einsatz – wir erwarten schließlich nicht irgendwen, sondern die Königin von England!«

Alle nickten brav und ich hoffte, dass Dempseys Rede damit beendet sei. Lord Bouring hatte sich nämlich unauffällig bei jedem Wort seines zukünftigen Schwiegervaters näher an mich herangewanzt. Bevor ich flüchten konnte, spürte ich seinen warmen Atem hinter meinem Ohr am Haaransatz.

»Miss Helena, wissen Sie, dass Sie schön wie eine Rose sind?«

Ich musste sofort husten, weil mir dieses abgedroschene Kompliment so peinlich war!

Provost Dempsey schaute unwillig zu uns herüber. Ich hoffte, er würde sich seinen Lieblingslord schnappen und endlich gehen. Stattdessen schüttete er seinen ganzen Unmut über dem armen John aus: »Sohn, wenn du auch nur ansatzweise so viel Biss wie dieser junge Puddlewick hier hättest …« – dabei legte er den Arm jovial um Hektors Schulter, dem die Berührung sichtlich zuwider war – »… dann könntet ihr längst fertig sein. Stimmt's oder habe ich recht, Hektor?«

Hektor drehte sich unter Provost Dempseys Arm heraus. »Ich weiß nicht, ganz so ist es auch nicht«, meinte er halbherzig.

Lord Bourings volle Stimme raunte mir derweil ins Ohr: »So ein hübsches Röschen wäre eine Zierde für meinen Garten.«

Dempsey redete sich richtig in Rage und machte den armen John vor uns allen zur Schnecke: »Schau dich doch mal an, du Waschlappen. Du bist eine Schande für unseren Namen.«

Ich glaube, außer Provost Dempsey gab es nur einen einzigen Menschen im Raum, dem John in diesem Moment nicht furchtbar leidgetan hätte: der wabbelige Lord Bouring, den die Szene überhaupt nicht zu berühren schien. Kichernd fuhr er mit seinen Annäherungsversuchen fort: »Aber noch lieber hätte ich diese Blume in einer Vase auf meinem Nachtkästchen.«

Professor Puddlewick, der vom anderen Ende der Galerie gekommen war, um zu sehen, was Dempsey so aufbrachte, versuchte, diesen zu beschwichtigen: »Aber,

Provost Dempsey – all die jungen Leute hier geben, was sie geben können. Sie sind zu streng mit sich und ihren Kindern. Das Geschenk für Queen Victoria wird bestimmt großartig und rechtzeitig fertig. Sie müssen Vertrauen haben!«

»Vertrauen ist gut, Wissen ist besser, Puddlewick«, knurrte Dempsey, aber er beendete seine Schimpftirade und befreite mich mit einem grimmigen »Wir gehen, Bouring!« von weiteren blöden Vergleichen.

John war bei den Worten seines Vaters steingrau geworden. Am schlimmsten war sicherlich, dass der Provost ihn öffentlich vor uns allen gedemütigt hatte. Mary strich im Vorbeigehen ihrem Bruder still über den Rücken. Betreten beeilten wir uns, zu unseren Plätzen zurückzukommen.

Ich war froh, dass ich am nächsten Tag nach dieser in doppelter Hinsicht unangenehmen Szene zur üblichen Besuchszeit nicht da war. Als ich nach dem Frühstück die sauberen Hemden aus der College-Wäscherei holen wollte, hatte mich das Mädchen auf den Nachmittag vertröstet, weil in der Mangel einige Perlmuttknöpfe zerbrochen waren und noch ausgetauscht werden mussten. Also entschuldigte ich mich kurz bei Hektor, um diesen Gang zu erledigen. Zu Hause bereitete ich gleich den Tee für meine Puddlewicks vor und beschloss, während der Pause das Versäumte nachzuholen. Als ich die Treppen zur Galerie wieder hinauflief, lag noch der Pudergeruch von Lord Bouring in der Luft.

»Dein Freund hat dich vermisst. Er hat dich sogar an deinem Platz gesucht«, meinte Paris, der gerade auf dem Weg nach unten war, frech. Dann sagte er übertrieben geheimnisvoll: »Und wenn du dich erbarmst, irgendwann wieder mit mir zu sprechen, verrate ich dir auch, von *wem* ich rede.« Schon war er auf dem Treppenabsatz verschwunden.

»Gibt's Kuchen oder Kekse?«, fragte Aeneas, der sich kurz darauf auf den schmalen Stufen an mir vorbeischlängelte. Noch bevor ich antworten konnte, hörte ich Hektors Stimme: »Vielfraß! Zwieback wäre auch in Ordnung, Lizzy hat wirklich genug zu tun.«

Aeneas lächelte mich schulterzuckend an und ich freute mich, dass er einen Blaubeerkuchen vorfinden würde, den ich tags zuvor am späten Abend gebacken hatte.

Dicht auf Hektor, der mir ernst zunickte, folgte John, und ich erschrak über den hasserfüllten Blick, mit dem er auf Hektors Rücken starrte. Als er mich sah, änderte sich sein Gesichtsausdruck so schlagartig wie das irische Wetter. Seine Augenbraue zuckte zwar in die Höhe, doch in Kombination mit seinem strahlenden Lächeln wirkte sein Gesicht nicht herablassend, sondern eher schelmisch. »Ach, zu schade – eigentlich hätten wir gemeinsam hierbleiben können, aber Mama erwartet uns zum Tee ...«

Hektor drehte sich bei diesen, für John ungewöhnlich freundlichen Worten um.

»Ich meine nicht dich, Hektor, keine Sorge. Ich meine unser schmuckes Hausmädchen.«

»Lass die Finger von Li…«, zischte Hektor, doch dann brach er abrupt ab, denn direkt hinter John war Mary, dicht gefolgt von Miss Gray, in den kleinen Stau, den wir auf der schmalen Treppe bildeten, hineingelaufen.

Ich weiß nicht, was Miss Gray alles gehört hatte, aber ich hatte das Gefühl, dass sie mich mit ihrem schwarzen bohrenden Blick besonders kritisch musterte, als sie sich in ihrem sperrigen Kleid an mir vorbeidrückte.

Hektors Worte gingen mir nicht aus dem Kopf. John sollte die Finger von mir lassen – wie meinte er das? John war auffallend nett zu mir, keine Frage, aber der Sohn von Provost Dempsey konnte sich doch nicht ernsthaft für mich interessieren?

Auf meinem Platz lag die Antwort auf diese Frage. Das dachte ich zumindest, als ich das kleine in Geschenkpapier gewickelte Päckchen mit der feinen roten Seidenschleife fand. Eine der letzten Septemberrosenblüten war hineingeknotet worden. Vorsichtig zog ich an dem einen Ende des Bändchens und ein dunkelblaues Samtschächtelchen kam zum Vorschein. Ich zögerte einen Moment, bevor ich den Deckel hob. So wurden eigentlich nur sehr wertvolle Schmuckstücke verpackt, in den Auslagen der teuersten Juweliere Dublins hatte ich schon ähnliche Schächtelchen bestaunt. Als ich sah, was im Inneren steckte, entfuhr mir ein kleiner Aufschrei. Das war doch nicht möglich! Zwei winzig kleine, wohlgeformte Hände streckten mir ein rötlich glänzendes Herz entgegen, auf dem eine zierliche Krone saß! Ein Claddagh-Ring aus Rosengold.

Einen Moment lang wusste ich nicht, ob ich lachen oder weinen sollte – also steckte ich mir erst einmal den Ring an den Finger, um zu sehen, ob er passte. Und wie er passte! Dann zog ich den gelbgoldenen Claddagh-Ring aus meiner Rocktasche und streifte ihn über den Ringfinger meiner linken Hand. Eine Zeit lang drehte ich meine beiden Hände und verglich die Schmuckstücke, die bis auf die Farbe ganz gleich aussahen.

Zwei Ringe … jeder einzelne kostet rund zehn Pfund, das ist ungefähr so viel, wie ich im Jahr verdiene.

Der hier ist von Paris, das ist sicher. Er muss sein gesamtes Erspartes für mich ausgegeben haben. Ich liebe Paris, aber doch nur wie einen Bruder. Und der andere ist von … von John? Dieses rötlich schimmernde Rosengold ist unglaublich schön. Aber was fühle ich für John? Er macht mir Angst, weil er so undurchschaubar ist. Die Frau, die ihn heiratet, wird nie Geldsorgen haben – aber so darf man nicht denken, Lizzy! Oder darf ich doch so denken? Wenn ich reich wäre, könnte ich armen Leuten helfen. Und Professor Puddlewicks Schulden bezahlen – ich verdanke ihm so viel …

Ein Geräusch auf der unteren Ebene riss mich aus meinen Überlegungen. Es war nur einer der Bibliotheksdiener, der Bücher von den Lesetischen einsammelte; gleich würde der Long Room für die Studenten geschlossen. Das erinnerte mich daran, dass bald meine drei Puddlewicks, Mary und John von der Teepause zurückkommen würden. Und ich hatte noch keinen einzigen Pinselstrich getan! Fahrig fasste ich nach dem weißen Porzellanschälchen Nr. 11, um den phthaloblauen Körper eines Fabelwesens auszumalen – und erschrak über die Ringe an meinen Fingern, die ich beinahe vergessen hätte. Ich konnte ja schlecht mit zwei Claddagh-Ringen herumlaufen! Der etwas zu kleine, der von Paris, löste sich mit einem Ruck, nachdem ich kräftig daran gezogen hatte. Dabei fegte ich mit der Hand das Phthaloblau und drei weitere Porzellanschüsselchen zu Boden, wo sie vorwurfsvoll klirrend zu Bruch gingen und rote, gelbe und blaue Pfützen hinterließen. Wie ungeschickt! Zum Glück war von der Farbe nichts auf die halb fertige Seite gespritzt! Lagen nicht ganz hinten, bei Aeneas' Arbeitsplatz, an dem er nur manchmal saß, weil er meistens mit Hektor über dem *Book of Kells* stehend direkt den Text kopierte, noch Schaufel und Besen? Er schnitt dort die Gänsekiele zu unterschiedlich breiten Schreibfedern. Vielleicht würde ich auch ein paar unbenutzte Porzellanschälchen finden, die Hektor für Aeneas wie für alle anderen vorbereitet hatte und die Aeneas nicht brauchte, weil er doch ausschließlich mit Schreiben beschäftigt war. Einen Moment später stand ich mit zwei goldenen Ringen in der Tasche im fünften Abschnitt der Galerie und sah mich zwischen Aeneas' Arbeitsutensilien um.

So wie ich es grässlich finde, zu lauschen, so würde ich auch nie fremde Briefe öffnen. Etwas anderes ist es, einen Brief gegen das Fenster zu halten und mal ein bisschen zu schauen, was sich so erkennen lässt. Besonders dann, wenn der Absender ein bekannter Juwelier aus Galway ist, der Inhalt der Briefes offensichtlich eine Rechnung und diejenige, die diese unverzeihliche Handlung vornimmt, gerade eben einen Ring geschenkt bekommen hat, aber nicht weiß, von wem. Da stand es, schwarz auf weiß: *Ring, Modell Claddagh …* Den Preis dahinter konnte ich nicht entziffern. Aber den Namen: *Mister Aeneas Puddlewick.*

Meine Scherben kehrte ich noch zusammen und die regenbogenbunten Flecken wischte ich vom Parkett. Darüber hinaus brachte ich an diesem Tag nichts Vernünftiges mehr zustande.

16. Kapitel

Der letzte Tag des September beginnt und endet mit einer wichtigen Begebenheit.

Es war, wie Professor Puddlewick gesagt hatte: Wir alle gaben unser Bestes! Ende September war es endlich absehbar, dass Provost Dempseys ehrgeiziges Projekt, Queen Victoria eine Kopie des Johannesevangeliums aus dem *Book of Kells* zu überreichen, gelingen würde. Alle achtundneunzig Seiten waren bis auf das letzte Wort abgeschrieben und gemalt, es gab nur noch wenige Dekorationen, kleine Figürchen und verzierte Anfangsbuchstaben zu kolorieren, aber diese waren so gut vorbereitet, dass Aeneas, Paris, Mary und ich sie einigermaßen in Ruhe bunt ausmalen konnten. Und für Ruhe sorgte schon allein die missmutige Miss Gray durch ihre unerbittliche Anwesenheit, insofern hatte sie sogar etwas Gutes für sich. John beschäftigte sich weiterhin hauptsächlich damit, zwischen den Plätzen hin und her zu huschen, Verbesserungsvorschläge zu machen und dabei besonders viel Zeit an meinem Tisch herumzutrödeln, während Hektor sich die beiden dekorierten Schmuckseiten mit dem Beginn des Evangeliums und dem Porträt des Heiligen Johannes vorgenommen hatte, um ihnen den letzten Schliff zu geben.

In den für ihn sowieso meist kurzen Pausen war er allerdings nie ohne ein medizinisches Lehrbuch zu sehen.

Am frühen Mittwochmorgen, drei Tage vor dem großen Ereignis, strahlte mich ein wolkenloser blauer Himmel durch die hohen Fenster an. Ich hatte noch genügend Vorräte in der Kammer, sodass ich nicht auf den Markt gehen musste, und beschloss deshalb, das gute Wetter zu nutzen und endlich den langen Orientläufer aus dem Flur zu säubern. Meine Schwester hatte mir geschrieben, dass es in ihrem Haushalt neuerdings eine seltsame Maschine gab, die mit viel Krach den Staub auf den Böden fressen sollte, aber für solche neuartigen Erfindungen hatte mein Professor Puddlewick leider kein Herz. Da gab er sein Geld tausendmal lieber für Bücher aus! Also rollte ich den Teppich ein, um ihn in den Hof zu schleifen, wo ich ihn ordentlich ausklopfen wollte.

In diesem Moment kam Aeneas gerade aus seinem Zimmer. Er trug seine Sportkleidung und war im Begriff, wie jeden Morgen vor dem Frühstück, ein paar Meilen zu laufen. Ich war etwas verlegen, denn der Ring aus Rosengold in meiner rechten Rocktasche musste ja von ihm sein! Doch er ließ sich nichts anmerken. Bevor ich noch Guten Morgen sagen konnte, warf er sich schon die dicke Teppichrolle über die Schulter. »Das ist doch viel zu schwer für dich, Lizzy! Der soll auf die Teppichstange im Hof, oder?«, fragte er und verschwand so schnell durch die Wohnungstür, dass ich kaum hinterherkam.

Bis ich die zwei Stockwerke hinuntergelaufen war, hing der rote Läufer schon über der Eisenstange, die etwas versteckt zwischen zwei Wohngebäuden für Studenten aufgestellt war. Von Weitem rief mir Aeneas zu: »Lass den Teppich einfach hängen, ich bring ihn auf dem Rückweg wieder mit hinauf!«, und trabte dann in Richtung der Sportplätze.

Die graubraunen Staubwolken wirbelten um mich herum, jedes Mal, wenn der Teppichklopfer aus Weidenrohr mit einem schnalzenden Geräusch auf die wollige Oberfläche des Teppichs klatschte. Meine Schwester konnte gerne einen modernen Vakuumsauger haben, der Sohn ihrer Herrschaft würde ihr bestimmt nicht schwere Sachen aus der Hand reißen, um sie für sie zu tragen! Die meisten feinen Leute ähnelten Provost Dempsey: Der käme auch nie auf die Idee, dass seine Bediensteten Menschen mit Gefühlen und eigenen Gedanken waren. Und wie war das mit John? Warum war der auf einmal so liebenswürdig? Hatte er verstanden, dass man Menschen getrennt von dem, was sie anhaben, betrachten muss, *weil* er mich zufällig in Marys Kleid gesehen hatte?

Nachdem ich den staubigen Kerl auf der Teppichstange so gründlich bearbeitet hatte, dass mein Arm schmerzte, und ich mit meinen Überlegungen nicht weiterkam, wollte ich gemütlich zu unserer Wohnung zurückspazieren. Um möglichst lange die warmen Sonnenstrahlen auf meinem Rücken zu spüren, ging ich nicht im Schatten der Häuser, sondern wählte den Weg zwischen den Rasenflächen, der unter dem Glockenturm hindurchführte. Das eigenartige Bauwerk hockte wie eine steinerne Riesenschildkröte mitten im Hof. Eine Kuppel, auf der die steinerne Laterne mit dem Glöckchen thronte, wölbte sich über vier dicke, frei stehende Eckpfeiler. Die meisten Studenten mieden das unnütze Bauwerk, da schon kurz nach seiner Einweihung der Aberglaube umging, dass derjenige, der ihn im ersten Studienjahr durchquerte, durch seine Prüfungen fallen würde.

Weil ich weder abergläubisch bin noch durch eine Prüfung fallen konnte, schritt ich fröhlich summend den gekiesten Weg entlang auf den hohen Bogen zu, als ich plötzlich ein traurig klingendes, leises Geräusch hörte. Weinte da jemand? Einen Moment lang überlegte ich, umzudrehen, um denjenigen, der so großen Kummer hatte, in Ruhe zu lassen, aber ich war schon so nahe gekommen, dass ich seitlich hinter dem gewaltigen Eckpfosten den Ansatz von dunklen Hosenbeinen und zwei Fußspitzen in schwarzen Lederschuhen sehen konnte. Diese Schuhe kannte ich nur zu gut – sie waren etwas ausgetreten und immer noch nicht ordentlich geputzt! Ganz vorsichtig näherte ich mich. Ich war unsicher, ob ich Hektor, denn ich wusste nun, dass er es war, der so bitterlich schluchzte, ansprechen oder besser nicht stören sollte. Als ich ihn aber auf dem kalten Steinboden sitzen sah, den Kopf auf den Armen, die auf seinen Knien lagen, mit zuckenden Schultern, weinend wie ein verzweifeltes Kind, konnte ich gar nicht anders, als mich neben ihn zu knien und ihm zart über den Oberarm zu streichen.

»Hektor«, sagte ich leise, »Hektor, ich bin's, Lizzy.«

Hektor hob den Kopf. Ich sah die Tränenspuren in seinem blassen Gesicht glänzen. Schnell strich er sie mit beiden Händen von den Wangen und versuchte, sich zu fassen. Trotzdem klangen seine Worte brüchig und er musste sich ein paarmal räuspern. »Oh, Lizzy, dass du ausgerechnet jetzt hier vorbeikommst ... das ist ... zu peinlich.«

»Für Tränen muss sich doch niemand schämen. Auch ein Mann nicht. Magst du mir sagen, was los ist? Machst du dir Sorgen wegen der Kopie?«, fragte ich vorsichtig.

Ich schob einen Stapel Bücher beiseite und setzte mich einfach neben ihn auf den nackten Boden. Um mein Arbeitskleid war es nicht schade.

»Das Johannesevangelium wird fertig, das ist nicht das Problem ...« – Hektor schien aufs Neue mit den Tränen zu kämpfen – »... aber ich werde diese Prüfung morgen nicht bestehen.«

Mein Blick fiel auf den Titel des zuoberst liegenden Buches. *Lehrbuch der Anatomie,* stand da zu lesen.

Stockend fuhr Hektor fort. »Seit Wochen arbeite ich nun Tag und Nacht, ich habe kaum mehr geschlafen, es fällt mir schwer, mich auf die einfachsten Begriffe zu konzentrieren ... Lizzy, ich kann einfach nicht mehr.« Hektor ließ den Kopf wieder auf seine Arme sinken und seine Schultern zuckten verdächtig.

»Du bist so klug, du schaffst das bestimmt. Und im schlimmsten Fall – was wäre, wenn nicht?«, wollte ich wissen.

Hektor antwortete, ohne aufzusehen: »Professor Stoker wird furchtbar enttäuscht von mir sein, er setzt so viel auf mich. Die Assistentenstelle kann ich vergessen und dann fallen weitere Studiengebühren an. Und ohne das Geld, das ich mit der Stelle verdient hätte, steht Papa die Pfändung bevor!«

Ohne daran zu denken, ob das »schicklich« war oder nicht, hatte ich angefangen, während Hektors Erklärung seinen Rücken zu streicheln. Die ganze Verantwortung für seine Familie lastete so schwer auf ihm! Alles, was er tat, war darauf ausgerichtet, Sorgen von seinen geliebten Brüdern und seinem kindlich veranlagten Vater fernzuhalten. Meine Kränkung über seine Äußerungen war wie weggeblasen, ich spürte nur noch die Verzweiflung, die von seinem Rücken durch meine Hand bis in mein Herz krabbelte. Gab es etwas, das ich tun konnte, um ihm zu helfen? Ich bedauerte fast, dass der zweite Ring nicht doch von John war. Wenn ich einen richtig reichen Mann heiraten würde …

»Du bist so übermüdet, kein Wunder, dass du dir jetzt nichts mehr merken kannst. Schlaf ein paar Stunden, und wenn du möchtest, frage ich dich später ab!«

Hektor schüttelte heftig den Kopf. »Später müssen wir die Kopie fertigstellen, und selbst wenn ich noch den ganzen Tag hätte … Das hat alles keinen Sinn mehr.«

»Hektor, du darfst jetzt nicht aufgeben!«, bat ich ihn eindringlich. »Halte noch einen Tag durch – für mich!« Die letzten Worte rutschten mir einfach so raus.

Hektor sah mich erstaunt an, und ich wurde etwas verlegen. Warum sollte er *für mich* durchhalten? Doch zu meiner Verwunderung murmelte er: »Ich will's versuchen, Lizzy. Für dich!«

Ich erhob mich und klopfte mein staubiges Kleid aus. Dann legte ich Hektor sein Anatomiebuch auf die Knie. »Jetzt gehst du das noch mal durch. Und in einer Dreiviertelstunde gibt es ein ordentliches Frühstück mit Schinken und Speck.«

Hektor verließ sich den restlichen Tag wie ein Kind auf mich. Er aß, was ich ihm hinstellte, vollendete am frühen Nachmittag die Schmuckseite mit dem Porträt des Heiligen Johannes. Dann legte er den Pinsel beiseite und zog sich mit seinen Büchern an einen Lesetisch im Hauptgeschoss des Long Room zurück, während wir anderen ruhig unsere Arbeit auf der Galerie fortsetzten. Ich sah ihn von oben zwischen den anderen Studenten sitzen, die gegen Ferienende immer zahlreicher wurden, und als würde er spüren, dass ich ihn anschaute, hob auch er den Kopf und sah zu mir hoch. Verwirrt beugte ich mich schnell über meine Arbeitsplatte, denn er sollte nicht denken, ich würde trödeln.

Bevor ich mit meiner Arbeit fortfuhr, kritzelte ich allerdings einen kleinen Zettel für Mary. Dass der Ball nun so nahe vor uns lag und ich ihr immer noch nichts von Paris' Geschenk gesagt hatte, lag mir schwer im Magen. Und dass sich der Schlamassel von selbst lösen würde, war nun wirklich nicht mehr zu erwarten!

Gibt es irgendeine Möglichkeit, uns noch vor dem Ball zu treffen? Wann und wo?, schrieb ich und rollte das schmale Papier um das Holz eines Pinsels. Anschließend ging ich durch die Öffnung in der Regalwand zu Marys Platz, nickte kurz Miss Gray zu, die bei meinem Erscheinen sofort von ihrem Buch hochsah, und legte den Pinsel vor Mary auf die Tischplatte. »Danke fürs Ausleihen. Dieser hat einfach die beste Spitze!«

Mary wusste genau, was es mit dem Pinsel auf sich hatte. »Gerne, liebe Helena. Wenn du möchtest, kannst du ihn später wiederhaben. Ich brauche ihn nur für ein paar Minuten. Wenn du schon hier bist: Was hältst du von dieser Katze und den Mäusen hier?« Mary zeigte auf die Katze, die sie gerade säuberlich angemalt hatte, und zog bei der Gelegenheit geschickt das Papierröllchen vom Pinselstiel.

»Großartig!«, lobte ich sie. »Provost Dempsey wird mehr als zufrieden sein.«

Kurze Zeit später holte ich unter Miss Grays beobachtendem Blick den Pinsel wieder bei Mary ab.

Der Drache bewacht mich rund um die Uhr. Aber ich werde dir das Kleid und alles Nötige am Samstag rechtzeitig schicken! Anscheinend dachte Mary, mir ginge es nur um das Kleid! Ich hätte das Missverständnis gerne aufgeklärt, aber ich wollte unser Nachrichtensystem nicht überstrapazieren.

Um fünf, kurz vor der Teepause, kam Hektor herauf. Er wirkte nervös, als er feststellen musste, dass auf Paris' Blatt immer noch weiße Stellen in den Mustern klafften. Ich versuchte, ihn zu beruhigen.

»Wenn wir morgen noch mal den ganzen Nachmittag zusammen helfen, holen wir das leicht auf! Du solltest dich jetzt dringender um deinen Lernstoff kümmern.« Hektor wirkte zwar nicht überzeugt, aber er schien froh, dass ich ihm die Entscheidung abnahm …

Als wir beim Abendessen seit Langem zum ersten Mal wieder alle gemeinsam um den großen Esstisch saßen, war die Stimmung gedrückt. Das Roastbeef schmeckte mir nicht, obwohl es auf den Punkt gebraten war und die grüne Minzsoße, Mrs Beetons Rezept Nr. 469, hervorragend dazu passte. Paris' Späße wirkten gezwungen und nach Kurzem gab er es auf, den Clown zu spielen. Hektors Prüfung lag wie ein schwarzer Schatten über uns. Nur Professor Puddlewick schien mal wieder nichts zu merken. Fröhlich plapperte er von einer wertvollen Sammlung griechischer Philosophen, die er in einem Pfandhaus entdeckt hatte und die nun versteigert werden sollte.

»Was meinst du, Hektor, so ein Schnäppchen sollten wir uns nicht entgehen lassen, oder? Wenn diese lästige Königin wieder ihre Engländer schikaniert, dann könntest du mit mir doch zur Vorbesichtigung gehen.

Ich möchte gerne wissen, ob du die Ausgaben auch für Originale hältst. Ich denke …«

Professor Puddlewick hätte wahrscheinlich ohne Punkt und Komma weiter so vor sich hin geredet, wenn nicht Aeneas seinen Bruder gerettet hätte, indem er aufstand und seinem Vater einfach ins Wort fiel: »Ich mach jetzt ein schönes Feuer bei Hektor im Zimmer, dann kann er dort in Ruhe noch mal seinen Lernstoff durchgehen.«

»Ach herrje, morgen ist ja dein Termin!«, rief Professor Puddlewick nun betroffen. »Aber wie ich dich kenne, wirst du die Prüfung mit links schaffen!«

»Ich werde sie weder mit rechts noch mit links schaffen. Abgesehen davon ist sie mündlich, falls du dich daran erinnern solltest.« Ungehalten ließ Hektor seine Serviette fallen. »Ihr entschuldigt mich?«

Als wäre die schroffe Antwort seines Sohnes ein kleiner Regenschauer, schüttelte sich Professor Puddlewick kurz und wechselte schnell das Thema. »Natürlich. Mit welcher Nachspeise erfreust du uns heute, liebes Lizzykind?«

Als ich mit dem *Trifle* aus der Küche kam, waren die beiden älteren Brüder nicht mehr da, aber Paris bot sich an, Hektor eine Portion der leckeren Schichtspeise aus Sahne, Biskuits und Himbeermarmelade auf sein Zimmer zu bringen. Wir waren uns unausgesprochen einig, dass man sich an diesem Tag besonders um ihn kümmern musste, und ich war froh, dass Paris es aufgegeben hatte, um mich herumzuschleichen.

Bis ich Wasser für den Abwasch erhitzt, den langen Tisch mit Soda gescheuert, die kupfernen Pfannen geschrubbt und die Gläser trockenpoliert hatte, war es wieder Mitternacht geworden. Aber bevor ich die Glut im Herd ganz ausgehen ließ, brühte ich für Hektor noch einen türkischen Mokka in der seltsam geformten Messingkanne, die Professor Puddlewick von einer seiner Ausgrabungsreisen mitgebracht hatte. Kaffeepulver war kostbar und wir tranken nur zu besonderen Anlässen Mokka, aber jetzt schien es mir das Richtige für den angeschlagenen Hektor zu sein. Nachdem ich vom Zuckerhut ein paar Brocken heruntergemeißelt hatte, goss ich das süßbittere Konzentrat in ein hauchdünnes Porzellantässchen und dekorierte einige Mandelkekse auf dem Rand des Untertellers. Ich war sicher, dass Hektor immer noch über seinen Büchern brütete, selbst wenn er nicht mehr an einen Erfolg glaubte. Und ich täuschte mich nicht.

Er saß im Schein einer einsamen Kerze an seinem aufgeräumten Schreibtisch und notierte etwas auf einen Zettel, als ich nach einem vorsichtigen Klopfen sein Zimmer betrat.

»Falls wir uns in der Früh nicht mehr sehen – viel Erfolg für morgen!«, wünschte ich ihm und stellte den Mokka neben sein Tintenfass.

Um ihm nicht die letzten kostbaren Minuten, in denen er lernen konnte, zu stehlen, wollte ich gleich wieder gehen, aber Hektor fasste mich am Handgelenk, wobei er gleichzeitig aufsprang. Mit einer sanften Bewegung zog er mich zu sich zurück, fragend sah ich zu ihm auf. Er war mir so nahe, dass ich seinen Atem über meine Stirn streichen spürte. Was wollte er von mir? Da nahm Hektor mein Gesicht liebevoll in beide Hände, sah mir eine ozeanblaue Ewigkeit in die Augen und sagte einfach: »Danke.«

Mir wurde schwindelig wie nach einem Glas Maibowle und ich weiß nicht mehr, wie ich in mein Zimmer, in mein Nachthemd und in mein Bett kam. Aber ich weiß noch, dass ich etwas Hartes unter meinem Kopfkissen fand: eine kleine Pappschachtel, mit einem silbernen Claddagh-Ring.

17. Kapitel

Manchmal geht alles schief ...

Ich hatte nicht geträumt. Als ich am Morgen aufwachte, hielt ich in meiner Hand die zusammengedrückte Schachtel und immer noch lag der silbern glänzende Ring darin. Zwei Hände und ein Herz mit einer Krone. Ich blieb in meinem Bett liegen, spielte mit dem Ring und ließ den kleinen leuchtenden Punkt Sonnenlicht, den die silberne Oberfläche reflektierte, über die Zimmerdecke wandern.

Drei Ringe, einer goldgelb, einer rosengold, einer silbern. Von wem sind sie? Der erste muss von Paris sein, denn er trägt selbst einen goldenen Ring an der Kette um seinen Hals. Der zweite ist von Aeneas, denn auf seinem Tisch lag die Rechnung. Oder ist der dritte von ihm? Er hätte ihn leicht unbemerkt unter mein Kopfkissen schmuggeln können. Aber von wem ist dann der zweite? Von John? Und wie soll ich mich entscheiden?

Ich schlüpfte unter der Decke hervor und kramte aus meinen Rocktaschen die beiden anderen Ringe. Dann zog ich mich mit ihnen noch einmal in mein Bett zurück und legte alle drei in einer Reihe vor mich auf das weiße Leinen des Bezugs.

Die Ringe gaben mir keine Antwort auf meine Fragen. Aber mein Herz flüsterte mir zu, dass mir ein einziger Ring von Hektor genügt hätte.

Wir sahen uns erst am frühen Nachmittag in der Bibliothek wieder. Ich hatte schon ein schlechtes Gefühl gehabt, weil Hektor nicht zum Mittagessen erschienen war. Die Prüfung sollte doch morgens stattfinden, warum blieb er dann so lange weg? Den ganzen Vormittag über hatte ich versucht, meine Arbeit zu verrichten und gleichzeitig für Hektor die Finger zu kreuzen, was sich bald als unmöglich herausstellte. Man kann ohne Mittel- und Zeigefinger keine Teigtäschchen mit gehacktem Lammfleisch füllen! Stattdessen hatte ich Hektor ununterbrochen gute Gedanken geschickt. Aber anscheinend war das zu wenig gewesen: Als er endlich die Treppe zur Galerie heraufschlich – zum ersten Mal in diesen zwei Monaten später als alle seine Helfer –, war ihm gleich anzusehen, dass er die Prüfung nicht bestanden hatte. Er versuchte zwar, die Schultern zu straffen, sein Gesichtsausdruck verriet jedoch alles.

Hilflos standen wir um ihn herum und jeder fühlte mit ihm seine Enttäuschung. Nur bei John, der mir gegenüber am Treppengeländer lehnte, fiel es mir schwer, seinen Gesichtsausdruck zu deuten: Nachdenklich starrte er auf seine Schuhspitzen und verzog den Mund wie jemand, der Zahnschmerzen hat.

Paris löste endlich das betretene Schweigen: »Wenn du das Jahr wiederholen musst, kannst du dich erst später nach Indien absetzen. Ich muss zugeben, dass mich das freut!« Liebevoll wuschelte er durch die dichten braunen Haare seines Bruders.

»Da hat unser Küken ausnahmsweise mal recht«, stimmte ihm Aeneas zu und legte den Arm um Hektors Schulter. Neben seinem durchtrainierten Körper wirkte Hektor heute noch schmaler und zerbrechlicher.

Ehrlich gesagt hätte ich genauso wie die beiden gedacht, wenn ich nicht gewusst hätte, was für finanzielle Folgen an alldem hingen. Was hatte ich davon, wenn Hektor ein Jahr länger in Dublin blieb? Vermutlich würden sich die Puddlewicks bald kein Hausmädchen mehr leisten können! So wurde Hektors Kummer zu meinem eigenen und ich litt still mit ihm.

Auch für Hektor konnten die Worte seiner Brüder kein Trost sein. Er holte tief Luft und sagte in die Runde: »Meine persönlichen Probleme sollen hier keine Rolle spielen. Lasst uns zusehen, dass wir unsere Aufgabe gut zu Ende bringen!«

Wir trollten uns still an unsere Plätze. Nur John, der genau wie sein Vater stets die gedämpfte Lautstärke in der Bibliothek ignorierte, pfiff fröhlich den Gassenhauer *Molly Mallone* vor sich hin. Er hatte noch nie ein Hehl daraus gemacht, dass er den ältesten Sohn Professor Puddlewicks nicht besonders leiden konnte!

Während ich die letzten der unzähligen Schnörkel mit sepiabrauner Tinte nachzog, überlegte ich, ob Hektors Stimmung bis zum Ball wieder etwas besser sein würde. Ich wünschte mir nichts sehnlicher, als ein einziges Mal mit ihm zu tanzen und allen anderen zu zeigen, wie wichtig er mir war. So wie er am Abend zuvor mein Gesicht zärtlich in den Händen gehalten hatte, musste er mich doch auch lieb haben … Und dann würde ich Paris, John und Aeneas ihre Ringe zurückgeben!

All diese Überlegungen hätte ich mir sparen können, denn an diesem Donnerstag, dem Tag vor dem großen Ereignis, sollte Hektors misslungene Prüfung nicht die einzige Katastrophe bleiben.

Die nächste kam kurz vor dem Tee. Genau genommen lauerte sie schon die ganze Zeit zwischen uns, eingezwängt in Korsett und Krinoline, mit streng nach hinten geknoteten schwarzen Haaren: Miss Gray.

Früher als gewöhnlich, um vier, erschien Provost Dempsey mit seinem Busenfreund Lord Bouring. Mein Vorsatz, mich hinter meiner Arbeit zu verstecken, misslang, denn der Provost hatte heute etwas Besonderes vor: Er wollte jeden Einzelnen von uns instruieren, wie er sich in Gegenwart der Queen am nächsten Tag zu verhalten hätte. Dazu sollten wir uns in einer Reihe vor ihm aufstellen und Knickse und Verbeugungen üben. Die Situation war zu komisch, denn Lord Bouring musste Königin Victoria spielen, während Provost Dempsey mit Miss Grays Hilfe kontrollierte, ob Mary und ich graziös genug in die Knie gingen und die Jungen die Köpfe auch wirklich ehrerbietig beugten. Lord Bouring nahm seine Rolle ernst und versuchte, königlich mit der Hand zu grüßen und den Kopf würdevoll zu neigen, wobei ihm sein wabbeliges Kinn in die Quere kam und sich eine zweite Falte abzeichnete. Mir fiel auf, dass er Mary nach wie vor mehr oder weniger ignorierte, was Mary sichtlich froh stimmte! Und Hektor konnte man ansehen, wie lächerlich er diese Probe fand. Aber auch er beugte sich dem Provost und machte einen unwilligen kleinen Diener.

»Etwas tiefer ... so ist es gut«, korrigierte ihn Provost Dempsey und setzte gönnerhaft hinzu: »Mir ist zu Ohren gekommen, dass unser College-Stolz bei der Prüfung versagt hat? Keine Sorge, ich habe für morgen Abend schon die passenden Damen eingeladen. Dann dürfte die anvisierte Assistentenstelle nicht mehr von allzu großer Bedeutung sein.« Dabei zwinkerte er Hektor vieldeutig zu. Bei der Vorstellung, eine reiche Dame könnte Hektors Frau werden, zog sich alles in mir zusammen. Aber als ich an der Reihe war, vor Lord Bouring meinen Hofknicks vorzuführen, musste ich mich doch zusammenreißen, um nicht laut loszuprusten, wie Paris kurz zuvor neben mir. Der dicke Lord sah einfach zu albern aus!

Plötzlich zeigte Miss Gray mit ihrem dürren Zeigefinger auf mich, sodass ich gleich noch ein paar Inches tiefer knickste. Sie hatte allerdings gar nichts an meiner Bewegung auszusetzen. Stattdessen zischte sie Tröpfchen spuckend: »Halt, sie ist eine Lügnerin. Sie ist Puddlewicks *Hausmädchen!*«

Die Welt schien für einen Augenblick stillzustehen. Alle warteten erstarrt auf Provost Dempseys Reaktion.

»Ist das wahr?«, fragte er mich mit klirrender Stimme.

Meine Wangen brannten und leuchteten vermutlich in der Farbe des roten Krapplacks, als ich unter dem eiskalten Blick des Provosts mit dem Kopf nickte und dazu ein mühevolles »Ja, Provost Dempsey« herauswürgte. Ich wusste, dass es sinnlos gewesen wäre, jetzt noch zu leugnen.

Miss Gray wuselte eifrig um ihren Brotgeber herum und erklärte voller Stolz: »Seit Wochen überlege ich, woher ich dieses Gesicht kenne. Als ich sie nun so ungeschickt knicksen sah, da wusste ich's gleich wieder!«

»Jaja, ist ja gut. Sie hätten auch früher draufkommen können! Die Angestellten müssen doch einen Blick für ihresgleichen haben!«, ließ Provost Dempsey die gekränkte Miss Gray abblitzen. Er warf uns einfach in einen Topf – was wir vermutlich beide als Beleidigung empfanden!

»So – und nun zu dir, *Hausmädchen*«, wandte er sich wieder mir zu. »Ich gebe dir eine Viertelstunde und du bist vom College-Gelände verschwunden. Was ich mit dem Herrn mache, der mir so dreist ins Gesicht gelogen hat …« – damit meinte er natürlich meinen heiß geliebten Professor Puddlewick – »… werde ich mir in Ruhe nach dem Ball überlegen.«

»Von Elizabeth stammt ein wesentlicher Teil der Kopie. Wenn sie nicht an den Festveranstaltungen morgen teilnehmen darf, werden wir *alle* jetzt sofort die Arbeit niederlegen und das Johannesevangelium nicht vollenden«, sagte eine Stimme ruhig.

Ich traute meinen Ohren kaum. Wer es da gewagt hatte, Provost Dempsey so offen zu erpressen, war sein eigener Sohn John.

»Was fällt dir ein!«, fuhr sein Vater ihn so böse an, dass ich fürchtete, er würde gleich auf ihn losgehen und ihn ohrfeigen. Doch dazu kam es nicht, denn John bekam Unterstützung von ungeahnter Seite.

»Das hübsche Fräulein Helena Puddlewick ist ein *einfaches* Dienstmädchen?« Mit etwas Verzögerung hatte jetzt auch Lord Bouring kapiert, um was es hier ging. »Hahahaha, nein … hahaha« – er hielt sich seinen fetten Bauch vor Lachen – »… und ich hätte beinahe … hahaha … zu komisch!« Nun patschte er sich grölend auf die Schenkel. »Und mit ihrem zuckersüßen Stupsnäschen hat sie uns beide an der Nase herumgeführt, Dempsey! Haha!«

»Beruhigen Sie sich wieder, Bouring. So lustig ist das nicht! Es geht hier schließlich um die Ehre des Trinity College.« Provost Dempsey reagierte ausgesprochen unwirsch.

»Eben!« Lord Bouring kicherte und wischte sich die Lachtränen aus den Augen. »Deswegen sollten wir keinen Skandal riskieren und die Kleine bis morgen Abend ihre Rolle weiterspielen lassen! Stellen Sie sich vor, es käme jetzt, kurz vor dem Besuch der Queen heraus, auf was der Provost da reingefallen ist!«

Er sagte das, als wäre ich ein Gegenstand und kein Mensch!

Und um dieser Unverschämtheit noch eins draufzusetzen, machte er Provost Dempsey einen ekelhaften Vorschlag: »Nach dem Ball werfen Sie sie hinaus oder ich nehme sie gleich mit auf unseren Landsitz Castletown House, was noch besser wäre. Dann kann sie hier keinen Unfug mehr anrichten, und wenn ich verheiratet bin, wird es für sie bei uns schon etwas zu tun geben!« Lord Bouring schmatzte bei diesen Worten.

Eine Welle von Übelkeit schwappte durch meinen Magen. Ich hielt den Blick auf den Boden gerichtet und zitterte gleichzeitig vor Wut und Angst. Trotzdem wagte ich nicht, zu widersprechen, denn ein Gutes hatte Bourings Angebot: Ich würde auf den Ball gehen können!

Provost Dempsey zögerte und dachte nach. Aber dann stimmte er Lord Bouring widerwillig zu.

Damit war der hässlichste Tag in meinem Leben aber noch lange nicht zu Ende. Mit zitternden Händen versuchte ich die letzten Konturen zu ziehen, während vereinzelte Tränen über meine Wange zur Nasenspitze rollten.

Wie soll es morgen Abend nach dem Ball weitergehen?

Nachdem der wutschnaubende Provost gegangen war, hatten alle meine Freunde versucht, mich zu beruhigen und mir gesagt, dass mich niemand gegen meinen Willen irgendwohin mitnehmen könne. Aber so sicher war ich mir da nicht!

Irgendwann stand Hektor hinter mir. Ich hatte ihn gar nicht kommen gehört. Als er seine Hand auf meine Schulter legte, zuckte ich vor Schreck zusammen. »Lizzy, du hast dich so auf diesen Ball gefreut. Lass ihn dir nicht verderben – egal, was heute vorgefallen ist.«

Das tröstete mich ein bisschen und ich bildete mir ein, dass mir Hektor damit sagen wollte, er würde sich *mit mir* auf den Ball freuen. Vielleicht hatte er das zu diesem Zeitpunkt auch wirklich so gemeint, aber das Schlimmste sollte erst noch kommen …

Trotz der scheußlichen Unterbrechung konnten wir kurz vor dem Abendessen unsere Pinsel auswaschen – alle achtundneunzig Seiten waren endlich fertig abgeschrieben und abgemalt!

Hektor bat mich, die einzelnen Blätter einzusammeln und machte den Vorschlag, sich nach dem Dinner noch einmal zu treffen, um die Blätter ein letztes Mal gemeinsam zu betrachten. Dann wollte er sie lose in eine lederbezogene Schachtel in Buchform legen, die extra in der Buchbinderei vorbereitet worden war. Schließlich würde zusammen mit Queen Victoria unser Werk, an dem wir nun zwei Monate mit all unseren Kräften gearbeitet hatten, auf Nimmerwiedersehen nach England verschwinden!

Ich war wieder ein bisschen entspannter und auch Hektor wirkte einigermaßen gelöst, als wir nach einem einfachen Essen und ein paar Gläschen Guiness – zu mehr war ich an diesem Tag nicht in der Lage gewesen – im feinen Nieselregen zurück in die Bibliothek marschierten. Professor Puddlewick begleitete unsere fröhliche Runde, denn auch er wollte unsere Kopie des Johannesevangeliums ausgiebig bewundern.

John, Mary und die böse Miss Gray duckten sich schon vor der Eichenpforte unter die Türlaibung, und ich vermied es, Miss Gray ins Gesicht zu sehen. Ein Glück nur, dass Provost Dempsey an diesem Abend mit den Vorbereitungen für den nächsten Tag beschäftigt war und nicht mitkommen konnte!

Auf der Galerie erwartete uns eine böse Überraschung!

Ich hatte, so wie es mir Hektor am Nachmittag aufgetragen hatte, von allen Plätzen die Arbeiten geholt, den ganzen Stapel loser Blätter vorsortiert und dann auf meinem Tisch liegen lassen. Damit nichts verschmutzt wurde, hatte ich sogar noch ein weißes Blatt darübergebreitet.

Dieses Paket holte ich jetzt, während Hektor auf dem großen Tisch neben dem echten *Book of Kells* Platz schaffte.

Voller Stolz warteten wir darauf, dass Hektor die einzelnen Seiten vor uns ausbreiten würde. Doch er hatte ein feines Gefühl dafür, wie er dem Sohn des Provost das Gefühl geben konnte, von Bedeutung zu sein. »John, möchtest du das übernehmen?«

Aber der verschränkte die Arme auf dem Rücken

und sagte freundlich: »Mach du das ruhig. Wir wissen doch alle, wer für das Gelingen hier verantwortlich ist!«

John hatte sich wirklich verändert! Dankbar dachte ich daran, wie er sich am Nachmittag seinem Vater gegenüber für mich eingesetzt hatte und lächelte ihm über den Tisch hinweg zu.

Deswegen hörte ich Mary zuerst erschreckt aufschreien, bevor ich den Grund dafür sah.

Hektor hatte das weiße Deckblatt zur Seite gelegt. Gleich an oberster Stelle lag das aufwendige Porträt des Heiligen Johannes ... beziehungsweise das, was von Hektors schönstem Blatt übrig geblieben war.

Dicke dunkle Tintenflecken verdeckten das kluge Gesicht des Heiligen, tropften über die lange Schreibfeder, die er in der Hand hielt, und verschmierten den elfenbeinfarbenen Rahmen des Büttenpapiers bis zur Blattkante.

»Nein!«, rief Hektor und es klang wie der Hilfeschrei eines Ertrinkenden. Dann sagte er noch einmal: »Nein!«

Paris und Aeneas waren sprachlos und Mary liefen Tränen über die Wangen. John hatte sich bei dem furchtbaren Anblick entsetzt die Hand vor den Mund geschlagen. »Wenn das Vater sieht ...«, stammelte er aufgebracht. »Er wird dem Verantwortlichen den Kopf abreißen!«

Selbst Professor Puddlewick wirkte furchtbar erschrocken. »Wie kann das nur passiert sein?« Er beugte sich mit seiner goldumfassten Brille über das Blatt und schob die Petroleumlampe näher. »Das ist doch dunkelbraune Sepia?«

Jetzt mischte sich plötzlich Miss Gray ein, obwohl sie das alles gar nichts anging. »Wer hat zuletzt mit Sepia gearbeitet? Dies wäre eigentlich die entscheidende Frage!«

Das war ich gewesen. Alle Blicke richteten sich auf mich.

Und ich hatte nicht nur den ganzen Tag meine Feder in das braune Tintenfässchen gesteckt, sondern auch noch zum Schluss alle Blätter zusammengesammelt und auf meinem Tisch gelagert. Mir wurde klar, was die anderen gerade denken mussten.

»Wenn hier jemand meint, dass Lizzy an alldem schuld sein könnte, bekommt er von mir eins auf die Nase. Sie würde sich doch eher die Hand abhacken lassen, als unsere schöne Arbeit zu verunstalten!« Ich war John so dankbar. Er benahm sich wie ein Ritter. Wenn ich nicht dieses wunderbare Herzweh für Hektor empfunden hätte, in diesem Moment hätte ich mich sicher in John verliebt!

»Irgendjemand muss es ja gewesen sein. Wer, wenn nicht das *Hausmädchen?* Sie will sich bestimmt am Provost rächen«, giftete Miss Gray weiter.

»Ich habe diese Flecken nicht gemacht«, wollte ich mich verteidigen, aber ich spürte, dass alle meine Freunde und Professor Puddlewick nicht hundertprozentig von meiner Unschuld überzeugt waren.

Nur John hielt zu mir. »Hüten Sie ihre böse Zunge, Miss Gray«, schnauzte er die Gouvernante an. »Und hier seht mal, die Tintenspuren tropfen quer über das ganze Blatt bis über den Rand hinaus. Wenn Lizzy das tatsächlich passiert wäre, müssten an ihrem Tisch Spuren sein. Lasst uns hingehen und sehen, dass dort *nichts* ist!« Um den anderen meine Unschuld zu beweisen, lief John zum Durchgang im Regal; die anderen folgten.

Mein Tisch lag blitzblank und aufgeräumt im Schein des Öllichts. Ich atmete erleichtert auf, selbst der kleinste Zweifel musste so zerstreut werden. Der ganze kleine Bereich zwischen den Regalen war gedrängt voll Menschen. Mary tuschelte mit Paris, der dicht neben ihr stand. Obwohl sie sich mit ihrer sperrigen Krinoline kaum bewegen konnte, quetschte sich Miss Gray bis ganz nach vorne zu Hektor und John. Sie schnüffelte rattennasig überall herum, dann schraubte sie sich unter den Tisch und zog den kleinen geflochtenen Weidenkorb hervor, indem ich die Papierabfälle gesammelt hatte. Mit spitzen Fingern wühlte sie darin herum, zupfte ein großes zusammengeknülltes Papier heraus und faltete es triumphierend vor unseren Augen auseinander. Auf dem knittrigen Blatt zogen braune Tintentropfen ihre Spuren, in der Mitte unterbrochen von einem weißen Feld, das genau die Maße unserer Kopie des Johannesevangeliums hatte.

Mir strömten die Tränen aus den Augen, als ich immer wieder beteuerte: »Ich war das nicht! Ich war das wirklich nicht!«

John hielt weiterhin zu mir, aber er wirkte nicht mehr ganz so sicher: »Das hat nichts zu bedeuten. Es könnte während des Abendessens jemand in Lizzys Papierkorb geschmuggelt haben.«

Da sagte Hektor mit steinernem Gesicht, das hart wie die Marmorbüsten unten im Long Room aussah: »Die einzigen beiden Schlüssel zur Bibliothek sind in unserem Besitz. Aber es hat wenig Sinn, den Schuldigen zu suchen, denn jetzt ist nichts mehr zu ändern«

Selbst Mary sah mich komisch an, als sie fragte: »Was machen wir denn jetzt?«

»Wir legen das Blatt zu den anderen und geben das Evangelium morgen wie geplant ab.« Ungewöhnlich ruppig drängte sich Hektor an uns vorbei und verließ mit schnellen Schritten die Bibliothek. Zuvor legte er den Stapel Blätter allerdings in die Lederschatulle und klemmte sie sich unter den Arm. In Tränen aufgelöst, stolperte ich hinterher, aber ich erreichte ihn nicht mehr.

Hektors Zimmertür knallte direkt vor meiner Nase zu. Er schien wirklich zu denken, ich wäre für die Flecken auf seiner Arbeit verantwortlich! Ich fürchtete, das würde er mir nie verzeihen.

»Das Brüderchen beruhigt sich schon wieder, heute kommt für ihn ein bisschen viel zusammen, meinst du nicht?«, versuchte Paris, mich zu trösten, als ich bitterlich schluchzend im Flur stand.

»Für Lizzy war das auch kein toller Tag, vergiss das nicht«, meinte Aeneas zu seinem Bruder. Er hatte beschützend den Arm um mich gelegt. »Kein Wunder, wenn hier allen die Nerven durchgehen und Tintenfässer umfallen!«

Aeneas glaubte also auch, dass ich an dem schrecklichen Malheur schuld wäre! Aber wenigstens war er nicht böse auf mich, sondern versuchte, mir zu helfen. Ich heulte noch ein bisschen mehr.

Paris schwenkte vor mir sein zerknittertes Taschentuch, das ich dankbar annahm. Nachdem ich mich ausgiebig in den weichen Stoff geschneuzt hatte, fühlte ich mich etwas besser.

18. Kapitel

… und dann wird doch alles anders, als man denkt.

Der Geruch von angebranntem Fett weckte mich am nächsten Morgen. Als ich in die Küche kam, knisterte schon ein munteres Feuerchen im Herd. In der kupfernen Kanne brodelte das Teewasser. Paris durchstöberte die Schränke und Aeneas kratzte eine Ladung schwarzbrauner Spiegeleier in den Müllkübel.

»Wir dachten, wir unterstützen dich ein wenig! Damit du dich in Ruhe auf deinen großen Tag vorbereiten kannst. Allerdings fürchte ich, dass wir unsere Königin mit knurrendem Magen begrüßen müssen.«

Dabei schaute Aeneas so unglücklich auf die festgebrannten Fetzen in der schmiedeeisernen Pfanne, dass ich herzlich lachen musste. Überhaupt sah die Welt bei strahlendem Sonnenschein gleich schon viel schöner aus! Wenn erst einmal das verhunzte Geschenk bei der Queen wäre, könnte ich mich vielleicht mit Hektor aussprechen. Und heute Abend war der Ball, mein erster und vielleicht einziger Ball, und ich beschloss, ihn zu genießen, egal mit wem und was danach kommen würde! Ich zeigte Aeneas, wie man zuerst das Fett erhitzt und hierauf die Eier – möglichst ohne Schale – in die Pfanne schlägt. Dann nahm ich die silberne Teedose aus dem obersten Regalfach, denn das war es, was Paris gesucht hatte, und wir deckten gemeinsam den Tisch im Esszimmer.

Professor Puddlewick war bereits in seinen schwarzen Gehrock gekleidet und fragte immer wieder, ob irgendwer seinen Zylinder gesehen hätte. Er schien den Vorfall vom Vorabend bereits vergessen zu haben, im Gegensatz zu Hektor, der blass und wortkarg vor seiner Portion *Ham and Egg* saß, ohne sie anzurühren. Aber ihm stand ja auch der schlimme Moment, wenn die englische Königin und Provost Dempsey das verdorbene Porträt sehen würden, mehr als uns anderen bevor.

»Können wir es nicht doch einfach weglassen?«, fragte Paris, der die bedrückte Stimmung seines Bruders schlecht aushalten konnte.

»Nein, das geht gar nicht. Es steht ja sogar in geprägten Goldbuchstaben auf der Schatulle: *Das Johannesevangelium mit dem Porträt des Heiligen aus dem ›Book of Kells‹ – in Erinnerung an den 3. Oktober 1896.* So, und jetzt möchte ich nicht mehr darüber reden. Es ist, wie es ist.« Hektor fuhr mit der Gabel die eingewebten Blumenmuster der Tischdecke nach. Es kam mir vor, als würde er absichtlich meinen Blick meiden.

Ich war froh, dass ich einen guten Grund hatte, mich schnell zurückzuziehen. Mit aller Sorgfalt bürstete ich meine Haare, bis sie glänzten, und zog mein indigoblaues Sonntagskleid aus Baumwolldamast an. Wenn man nicht zu genau hinsah, hätte man den glatten Stoff auch für Seidentaft halten können. Obwohl sie mir inzwischen längst zu klein waren, quetschte ich meine Füße in die eleganten Ziegenlederstiefelchen, die in unserer Familie von Schwester zu Schwester weitergereicht wurden und die glücklicherweise immer noch bei mir wohnten. Außerdem legte ich den zarten weißen Spitzenkragen um, den Mummy geklöppelt hatte und den ich bisher nur einmal, bei der Hochzeit meines ältesten Bruders William, getragen hatte. Ein Segen, dass Mummy so geschickt beim Handarbeiten war!

Punkt zehn Uhr stellten wir uns im Hof auf. Provost Dempsey lief mit seinem schwarzen Zylinder wie ein aufgeregter Gockel hin und her und gab der Gesellschaft Anweisungen, wer wo stehen sollte, wenn die königliche Kutsche durch das girlandengeschmückte Tor fahren würde. Er hatte viel zu tun, denn heute waren alle Professoren, Studenten und zahlreiche andere Ehrengäste anwesend. Auf dem Glockenturm flatterten kleine Wimpel in den englischen Farben und unter ihm hatte die Studentenkapelle Aufstellung genommen, die zur Begrüßung die englische Nationalhymne spielen sollte. Ich stand mit der gesamten Familie Puddlewick in der ersten Reihe, sodass ich alles gut sehen konnte, aber nach einer Dreiviertelstunde taten mir ordentlich meine Zehen in den engen Schuhen weh! Umso mehr freute ich mich, als endlich die vornehme Kutsche über das Pflaster rollte. Vier weiße Pferde zogen sie und vor und hinter dem Gefährt ritten noch einmal je zwei livreegeschmückte Diener! Das Klappern der Hufe und Rumpeln der eisenbeschlagenen Holzräder hallte so laut im Hof, dass man das leicht schiefe *God Save The Queen* der Kapelle kaum hören konnte. Provost Dempsey befahl dem Dirigenten mit fuchteligen Gesten zu warten, bis sich die Kutschentür öffnete. Genau an der Stelle, wo der rote Teppich ausgerollt war, brachte der Kutscher den Vierspänner zum Stehen. Zwei Bedienstete, die auf einer Bank an der Rückseite des Wagens mitgefahren waren, sprangen wie Äffchen herunter und öffneten den Schlag. Provost Dempsey trat vor. Höchstpersönlich wollte er seiner verehrten Königin aus dem Wagen helfen.

»Dafür, dass sie bald achtzig ist, hat sie sich aber gut gehalten! Das muss am nahrhaften Essen liegen …«, raunte mir Paris ins Ohr. Ich musste lachen, denn die rothaarige Dame, die aus der Kutsche quoll, war höchstens zwanzig Jahre alt, aber mindestens zweihundert Pfund schwer!

Provost Dempsey wirkte etwas irritiert und schaute suchend in das Wageninnere. Doch das Einzige, was außer zwei feingewandeten, mittelalten Herren noch herauskam, war ein kleines, hutzeliges Männlein.

Der Alte schien schlecht zu sehen, denn zuerst sprach er seinen eigenen Diener an. Besser gesagt, schrie er nach Art schwerhöriger Menschen: »Provost Dempsey, der viel gerühmte Leiter des Trinity College. Welche Freude!«

Provost Dempsey schob den Livrierten unsanft zur Seite. »Aber die Queen …?«, setzte er recht unhöflich an.

Meiner Meinung nach hätte er den alten Herrn zuerst einmal begrüßen müssen! Aber der schien dem Provost seine schlechten Manieren nicht übel zu nehmen: »Königin Victoria ist leider verhindert, deswegen müssen Sie mit mir, einem unbedeutenden Vetter dritten Grades, vorliebnehmen. Darf ich mich vorstellen: Earl Leicester der II.« Freundlich, fast entschuldigend schüttelte er Provost Dempsey die Hand. »Dafür wird sie bestimmt die Anwesenheit meiner Tochter, Countess Rosalia, entschädigen!«

Mit zitronensaurer Miene verbeugte sich Provost Dempsey vor dem üppigen, wenn auch recht hübschen Mädchen und reichte ihr den Arm, um sie in die Bibliothek zu führen. Seine Enttäuschung war ihm auf dem Gesicht abzulesen – und ich konnte mir eine gewisse Schadenfreude nicht verkneifen!

Wie einstudiert machten wir unsere Verbeugungen, als der kleine Trupp an uns vorüberzog. Dann folgten zuerst Provost Dempseys Familie und Lord Bouring und direkt danach die Puddlewicks und ich den vornehmen Gästen. Die anderen Professoren, die auch alle schwarze Zylinder und lange schwarze Jacken zu dunkelgrau gestreiften Hosen trugen, zogen als Letzte in das Gebäude ein. Im Long Room stellten wir uns wieder der Reihe nach auf, nur für die Gäste waren Stühle bereitgestellt. Nach einer gähnendlangen Begrüßungsrede des Provosts hielt Professor Puddlewick als Bibliotheksleiter einen ausführlichen Vortrag über die Sammlung. Bei aller Liebe zu meinem Professor – ich konnte nachvollziehen, warum der alte Earl auf seinem gepolsterten Ehrenstuhl immer wieder beinahe einnickte.

Ich studierte inzwischen in aller Ruhe die Leute um mich herum: Mary sah in ihrem dunkelroten, hochgeschlossenen Seidenkleid wunderhübsch aus. Was hätten sie und Paris, der zufällig neben ihr stand, für ein herrliches Paar abgegeben! Zu dumm, dass Paris das nicht genauso sah … Mrs Dempsey, in dunkelgrauem Samt zwischen ihren beiden Kindern, gelang es auf geschmackvolle Weise, ihren Reichtum zu zeigen, ohne protzig zu wirken. Trotzdem grauste ich mich vor dem ausgestopften Rotkehlchen, das zwischen allerlei künstlichen Beeren auf ihrem Hütchen als Dekoration diente. John war im dunklen Anzug smart anzusehen, aber er schien nervös. Vermutlich machte auch er sich Sorgen wegen des verdorbenen Geschenks. Mit Genugtuung stellte ich fest, dass Miss Gray fehlte. Sie musste wohl mit den weniger wichtigen Personen draußen warten. Dann fiel mein Blick auf den papageibunten Lord Bouring in seinem grasgrünen Samtfrack. Er hatte sein Lorgnon gezückt, aber nicht um die wertvollen Bücher zu sehen, die Professor Puddlewick vorstellte, sondern um sich damit tief über den freizügigen Ausschnitt der rothaarigen Lady Rosalia zu beugen, was dieser wiederum recht angenehm zu sein schien. Sie streckte alles, was sie zu zeigen hatte, und das war nicht wenig, Lord Bouring entgegen und strahlte ihn aus blauen Sternchenaugen an. Es sah so aus, als hätten sich zwei Magnete gegenseitig angezogen! Mit Mary hatte sich Lord Bouring kein einziges Mal so angeregt beschäftigt …

Als Höhepunkt seiner Erklärungen wollte Professor Puddlewick den Gästen nun das wertvollste aller Bücher, das *Book of Kells*, zeigen, das wieder wohlbehalten auf seinem Samtbett in der geöffneten Glasvitrine lag.

Doch Provost Dempsey schnitt Professor Puddlewick das Wort ab: »An dieser Stelle möchte mein Sohn John stellvertretend für das Trinity College Ihnen, Hoheit, und Ihrer hochverehrten Tochter gerne ein bescheidenes Präsent überreichen, an dessen Anfertigung er nicht unmaßgeblich beteiligt war. Eine handgefertigte Kopie des Johannesevangeliums aus eben diesem berühmten *Book of Kells!*«

Das war das Stichwort für Hektor, John die Schatulle zu geben, der sie mit einer geschmeidigen Verbeugung Earl Leicester dem II. überreichte. Besser gesagt, überreichen wollte. Denn dieser machte keine Anstalten, das Geschenk anzunehmen. Stattdessen gab er mit einem »Ach, das wäre doch nicht nötig gewesen! So kurzsichtig wie ich bin, kann ich das sowieso nicht lesen« einem seiner beiden Gesellschafter ein Zeichen, die voluminöse Lederschachtel mit der Goldprägung für ihn zu halten. Der Earl hatte nämlich etwas entdeckt, was ihn viel mehr interessierte: die alte Harfe des Brian

Boru, die in einer Vitrine direkt neben der des *Book of Kells* ausgestellt war. »Nein, was für ein herrliches Instrument – die älteste Harfe Irlands, soviel ich weiß! Hat sie nicht dem sagenhaften Hochkönig Brian Boru gehört?«, fragte er nun ganz munter.

Provost Dempsey schwenkte geschickt um. »Ganz recht! Sie ist über vierhundert Jahre alt. Ich bin beeindruckt von ihrer Kenntnis der irischen Geschichte, Hoheit!«

Der Earl erhob sich ächzend und wackelte zur Vitrine. »Lassen Sie die Hoheit ruhig weg. Wir sind ja unter uns. Kann man die Harfe mal herausnehmen? Als alter Mann mit schwachen Augen liebe ich Musik!«

»Aber selbstverständlich, Ho…« Provost Dempsey wurde fleckig im Gesicht. Nichts schien hier nach seinem Plan zu laufen! Trotzdem säuselte er, um seinem Gast zu gefallen: »Die Harfe ist unser ganzer Stolz! Deswegen hat mein Sohn John ein Lied vorbereitet, das er ihnen gerne vortragen möchte, Hoheit. Ähm, Nichthoheit, ich bitte um Entschuldigung.« Dabei schubste er den unglücklichen John in Richtung der Harfe. »Nicht wahr, John, *das hast du doch?*«

Jetzt bekam John ähnlich hektische Flecken auf den Wangen wie sein Vater. Ich konnte verstehen, wie er sich fühlte! Von Mary wusste ich, dass die regelmäßigen Liederabende in der Provost-Villa eher wie Katzengejammer und Wolfsgeheul klangen, weil keines der Familienmitglieder besonders musikalisch war.

Nach aufgeregtem Hin und Her wurde endlich der

Schlüssel zur Vitrine an Professor Puddlewicks Bund gefunden und der Earl selbst nahm das rötlich schimmernde Instrument heraus. Wie alle typisch irischen Harfen war auch diese nicht sehr groß, sodass man sie bequem auf dem Schoß halten konnte. Aber sie schien schwer zu sein, denn Provost Dempsey musste hinzuspringen, damit das unerwartete Gewicht dem alten Herrn nicht aus den Händen rutschte.

Ehe John sich versah, hatte ihm sein Vater die Harfe in den Arm gedrückt und einen Sessel herangezogen. Alles verstummte, selbst Lord Bouring und seine neue Freundin hörten auf, miteinander zu flüstern. Armer, armer John! In diesen Minuten muss er für alle Untaten in seinem Leben gebüßt haben! Aller Augen und, noch schlimmer, aller Ohren waren auf ihn gerichtet, als er seine dünne Stimme erhob und wahllos mit den Fingern irgendwelche Saiten zupfte. Allerdings war die Harfe so verstimmt, dass das auch schon egal war. In seiner Aufregung wählte John das denkbar unpassendste Lied: *Molly Malone,* die Ballade von dem irischen Fischermädchen, war seit Kurzem *der* Schlager in den Gassen Dublins!

In Dublin's Fair City
Where the girls are so pretty
I first set my eyes on sweet Molly Malone
As she wheel'd her wheel barrow
Through streets broad and narrow
Crying cockles and mussels alive, alive o!

Lady Rosalia begann als Erste zu kichern und Lord Bouring stimmte lauthals mit ein. Das Gelächter der beiden war so ansteckend und Johns armselige Vorführung zugegebenermaßen so schräg und komisch, dass in Kürze alle Anwesenden im Saal lachten. Die ganze ehrwürdige Bibliothek erbebte unter der Woge von Heiterkeit! Ich sah mich nach Hektor um, als ich aber bemerkte, dass selbst er aus vollem Halse mitlachen musste, konnte ich mich auch nicht mehr zurückhalten. Am meisten freute sich der alte Earl of Leicester, der sich wie ein kleiner Junge auf die Schenkel patschte und dann begeistert in den Refrain einstimmte:

Alive, alive o!, alive, alive o!
Crying cockles and mussels alive, alive o!

Alle grölten, jauchzten, klatschten, stampften und sangen mit! Sogar Provost Dempsey, der zuerst puterrot geworden war, tat nun so, als wäre alles von ihm geplant und schmetterte mit den anderen lauthals die heimliche Nationalhymne Dublins.

Nur einer ließ sich von der allgemeinen Begeisterung für Johns unfreiwillig komische Vorführung nicht richtig anstecken: einer der Begleiter des Earls, der die Lederschatulle mit unserer Kopie in die Hand gedrückt bekommen hatte. Er stand direkt neben Hektor, zu dem ich immer wieder hinschauen musste, weil ich so froh war, ihn endlich wieder ausgelassen zu sehen! Dieser

Herr, ein sympathisch aussehender Mann mit grauen Locken und klugen Augen, hatte den Deckel der Schachtel aufgeklappt und sich neugierig die darin liegenden Blätter angesehen. Jetzt schien er Hektor etwas zu fragen. Dieser wandte sich ihm sofort zu, und innerhalb kurzer Zeit waren die beiden in ein offenbar interessantes Gespräch über unsere Kopie des Johannesevangeliums verstrickt. Ich beobachtete, wie Hektor einzelne Blätter hervorzog, darauf zeigte und leise etwas dazu erklärte. Der feine Herr nickte immer wieder anerkennend. Dann ergriff er das Wort und Hektor nickte. Kurz darauf schüttelten sich beide die Hände, so wie man eine Abmachung bekräftigt. Ich hätte zu gern gewusst, was sie besprochen hatten!

Bis meine Neugier jedoch gestillt wurde, brannten meine armen Füße noch zwei lange Stunden in den fürchterlichen Schuhen. Erst dann war der offizielle Festakt beendet und wir durften zu einem späten Mittagessen nach Hause gehen und uns für den Ball vorbereiten. Immerhin gelang es mir, im großen Trubel kurz mit Mary zu sprechen. Sie war genauso aufgeregt wie ich und versprach mir, gleich ein Mädchen mit meinem Ballkleid zu schicken.

Zu Hause riss ich mir als Erstes die Stiefelchen herunter und schleppte hastig alles, was ich an Resten in der Speisekammer fand, auf den Esstisch.

Hektor wartete ungeduldig, bis wir auf unseren Stühlen saßen, dann platzte er mit der guten Nachricht heraus: »Stellt euch vor, ich habe einen Auftrag! Der

Kammerherr des Earl, Baron von Roederer, wollte wissen, von wem genau die Kopie stammt. Er wünscht sich selbst Abschriften einiger wichtiger Werke aus der Bibliothek für seine Sammlung. Es eilt nicht, ich kann das in aller Ruhe in den Ferien machen. Er bietet mir dafür mehr Geld, als ich mit fünf Assistentenstellen gleichzeitig verdienen würde, und besteht darauf, die Arbeit im Voraus zu bezahlen! Wir treffen uns vor dem Ball, um die Details zu besprechen!«

Dann blickte Hektor mir direkt ins Gesicht: »Vermutlich werde ich dazu eine geschickte Helferin benötigen.« Seine Augen waren so klar wie die See bei Windstille.

19. Kapitel

Ein Märchen wird wahr, wäre nur Hektor nicht verschwunden!

Ich saß auf meiner Bettkante und wartete. Professor Puddlewick hatte mir den restlichen Tag freigegeben.

Zum ersten Mal seit Wochen tat ich einfach gar nichts, außer zu warten und dabei mit den drei Ringen zu spielen. Gedankenverloren schob ich sie abwechselnd über meine Fingerspitzen. Plötzlich waren alle Aufregung, der Zeitdruck und die doppelte Belastung vorbei. Selbst die schlimmen Sorgen der letzten Stunden hatten sich in Wohlgefallen aufgelöst. Und während ich darauf lauschte, wann die Klingel neben unserer Wohnungstür bimmeln und Marys Mädchen mit dem Paket kommen würde, konnte ich endlich spüren, was in meinem Inneren passierte. Mein Herz hatte leise seine Flügel aufgespannt und war bereit zu fliegen. Gleichzeitig füllte sich mein ganzer Körper mit einem vorher nie gefühlten Sehnen. Das musste Liebe sein …

Ich liebe, ich liebe Hektor! Aber wie steht es um ihn? Von all diesen Ringen ist keiner von ihm. Das heißt aber doch nicht, dass er mich nicht liebt? Er hat davon gesprochen, wieder mit mir zusammenzuarbeiten. Das heißt aber auch nicht, dass er mich liebt! Der Abend heute wird es zeigen, der Ball wird alles entscheiden! Wenn Hektor mich in dem fliederfarbenen Ballkleid sieht, muss er bemerken, dass ich kein kleines Mädchen mehr bin. Ich sollte nur daran denken, immer gut den Bauch einzuziehen, damit die Nähte nicht platzen! Und wenn wir miteinander tanzen, werde ich in seinen Augen sehen, was er für mich fühlt.

Obwohl ich die ganze Zeit auf den Klingelton gewartet hatte, erschrak ich bei dem schrillen Gebimmel so, dass mir ausgerechnet die beiden goldenen Ringe herunterfielen und unter das Bett rollten. Ich ließ sie liegen und eilte zur Wohnungstür. Das musste doch ein Irrtum sein – da stand zwar eines der Mädchen aus dem Haushalt der Dempseys, aber sie hatte kein großes Paket, sondern nur einen dünnen Briefumschlag von Mary für mich! *Miss Helena Puddlewick* stand in ihrer ordentlichen Handschrift darauf.

Weiter nichts.

Da stimmte etwas nicht! Warum schickte Mary mir nicht das Kleid? Es war doch hoffentlich nichts dazwischengekommen? Hatte Mrs Dempsey Mary womöglich dabei erwischt, wie sie alles für mich zusammenpackte? Oder war Miss Gray dahintergekommen und hatte uns verpetzt? So wie sie mir den tintenbefleckten Bogen in meinen Papierkorb geschmuggelt haben musste? Panisch schnappte ich dem Mädchen den Brief aus der Hand und lief damit in mein Zimmer. Mit zitternden Händen riss ich den Umschlag auf. Ich war auf das Schlimmste gefasst, als ich den Bogen veilchenfarbenen Büttenpapiers auffaltete. Ein grünes Ahornblatt, das mit ersten goldenen Herbstpunkten gesprenkelt war, segelte langsam heraus. Jetzt fiel mein Blick auf das bunte Bild eines Baums, den Mary offensichtlich aus ihren Orakelkarten ausgeschnitten und auf das Briefpapier geklebt hatte. Was sollte das denn? Mary war ja vielleicht lustig – schnippelte herum, bastelte hübsche Briefchen und packte mir echte Blätter in ein Kuvert, während ich hier ungeduldig auf mein Ballkleid wartete!

Dann konzentrierte ich mich auf das, was sie mir geschrieben hatte. Obwohl ich ihre Zeilen dreimal las, verstand ich sie nicht.

Meine liebste Lizzy,

Du glaubst nicht an Orakel, wie Du mir vor einiger Zeit deutlich gesagt hast. Und das Leben sei kein Märchen.

In vielem hast Du sicherlich recht, aber in einem täuschst Du Dich: Kleider wachsen eben doch auf Bäumen — ganz wie bei Cinderella!

Denn manchmal werden Märchen nicht nur in Büchern wahr.

Ich freue mich auf Dich und unseren ersten gemeinsamen Ball!

Deine Freundin Mary

Ratlos untersuchte ich das Ahornblatt.

In dieser Jahreszeit lagen solche Blätter in großer

Zahl auf dem Rasen und im großen Hof herum. Dort standen seit Jahrhunderten die dicken knorrigen Bäume, deren lange Astarme teilweise fast bis zum Boden reichten. Soweit ich wusste, war an diesen Bäumen noch nie ein Kleid gewachsen, das hätte sich bestimmt herumgesprochen. Oder hatte Mary etwa …?

Ich sprang ans Fenster. Und wirklich, da wehte etwas am untersten Ast! Vom zweiten Stock aus konnte ich durch das grüngoldene Blattgewirr zwar nicht viel erkennen, doch ich glaube, dass ich noch nie so schnell die Treppen hinuntergestürmt war.

Das, was ich erspäht hatte, war nicht fliederfarben gewesen. Atem- und fassungslos stand ich vor dem märchenhaften alten Ahorn, der mir fast liebevoll Marys, nein, *mein* Ballkleid entgegenstreckte: ein wassergrünes Traumzauberkleid mit Perlenbesatz für Meerjungfrauen! Der edle Stoff schimmerte im rötlichen Nachmittagslicht in allen Grün- und Blautönen, denn eine leichte Brise schaukelte den weiten Rock sanft hin und her. Mit jeder Bewegung blitzten die kleinen Muscheln und Perlen an Ausschnitt und Saum auf. Ich hätte weinen können vor Freude, aber weil ich fürchtete, dass meine Tränen Flecken auf der Seide hinterlassen könnten, ließ ich es bleiben und pflückte stattdessen das kostbare Kleid mit aller Vorsicht vom Ast.

Ein Säckchen voller Accessoires hatte Mary mir auch dazugehängt. Sie hatte wirklich an alles gedacht, das konnte ich sehen, als ich wieder in meinem Zimmer angelangt war und die herrlichen Schätze auf meinem

Bett ausbreitete: Ballerinas, die in jeder Hinsicht passten, denn sie waren mit demselben Stoff bezogen wie das Kleid, und außerdem hatte Mary zufällig die gleiche Schuhgröße wie ich. Hautfarbene Strümpfe, hauchzart wie ein Spinnennetz, sowie zwei entzückende Strumpfbänder, die mit kleinen Röschen verziert waren. Ein Paar lange weiße Handschuhe aus Leder mit den niedlichsten kleinen Knöpfen, die ich mir vorstellen konnte. Sogar an den y-förmigen Fingerdehner aus Elfenbein hatte Mary gedacht! Ein Puderdöschen und Wangenrot tauchten auf, und als Nächstes zog ich eine dunkelgrüne Samtschatulle aus der Wundertüte. Es war kaum zu glauben, aber darin lagen ein dreireihiges Halsband aus gleichmäßigen, preiselbeergroßen Perlen und dazugehörige Ohrringe! Und am Bügel unter dem Kleid hingen das fischbeinverstärkte Korsett, dessen herzförmiger Ausschnitt genau dem Ausschnitt des Kleids folgte, sowie drei weite Unterröcke aus weißer Baumwolle mit voluminösen Tüllvolants und zarten Spitzenkanten.

Ich konnte die Tränen nun nicht mehr zurückhalten! Alle diese Gaben zeigten mir Marys große Zuneigung, die ich doch gar nicht verdiente! Seit Wochen war ich zu feige gewesen, meiner besten Freundin aufrichtig von dem goldenen Ring zu erzählen, den Paris mir geschenkt hatte …

Ach ja, der Ring! Bestürzt kroch ich unter mein Bett und sammelte die beiden Ringe wieder ein, wo sie in der Aufregung seit dem Schellen der Haustürglocke liegen geblieben waren. Der dritte, der silberne, hatte die ganze Zeit über an meinem Finger gesteckt. Zum Glück war mir in der Zwischenzeit nur Marys Mädchen begegnet – ich wollte doch niemandem ein falsches Zeichen geben!

Alle drei Ringe legte ich vorläufig neben die Perlen in die Schatulle. Dann steckte ich den Kopf zur Zimmertür hinaus, um einen Blick auf die große alte Standuhr zu werfen. Sie tickte mich freundlich an und sagte mir dann mit fünf tiefen Schlägen, dass es an der Zeit war, schleunigst mit den Vorbereitungen zu beginnen!

Ich hatte mich schon im Morgengrauen gründlich gewaschen und war nun froh, diese langwierige Prozedur nicht mehr vor mir zu haben. Umso mehr Aufmerksamkeit konnte ich meiner Frisur widmen! An den Seiten flocht ich mir lockere Zöpfe ein, die ich am Hinterkopf ineinander verschlang und aufsteckte. Einzelne Strähnen zupfte ich vor der Stirn und an den Schläfen wieder heraus, damit das kunstvolle Gebilde möglichst natürlich wirkte. Dann kämpfte ich mit der Schminke, die mir Mary eingepackt hatte. Es dauerte ungefähr eine halbe Stunde, bis ich alle Sommersprossen sorgfältig unter einer dicken Puderschicht versteckt und auf meinen Wangenknochen rosa Rouge verteilt hatte. Und dann dauerte es ungefähr eine weitere halbe Stunde, bis ich alle Farbschichten von meinem Gesicht heruntergewaschen hatte und mich wiedererkannte. Meine Sommersprossen waren allemal besser als diese künstliche Maske! Wenigstens hatte die Rubbelei mit kaltem Wasser und dem rauen Leinenhandtuch zur Folge, dass meine Wangen nun ganz von alleine eine natürliche, zartrosa Tönung hatten!

Mit jeder Minute wuchs meine Aufregung und ich musste mich konzentrieren, die Strümpfe, meine knielange Unterhose, die drei Unterröcke und das Korsett in der richtigen Reihenfolge anzuziehen. Ein Glück, dass das Korsett vorne geschlossen wurde; die meisten Modelle hatten eine gekreuzte Schnürung auf der Rükkenseite – das hätte ich alleine nie hinbekommen! In aller Regel hatten Frauen, die solche Kleider besaßen, auch ein bis zwei Dienstmädchen, die ihnen beim Anziehen halfen.

Das Kleid selbst machte keine Schwierigkeiten: Den weiten Rock konnte ich über den Kopf ziehen, und das Mieder wurde ja seitlich zugehakt. Während ich eine kleine Eisenöse nach der anderen zunestelte, erinnerte ich mich an den Moment in Marys Ankleidezimmer, als ich das schon einmal gemacht hatte. Und an John Dempsey, der mich dabei mit diesem seltsamen Blick im Spiegel beobachtet hatte. Dabei fiel mir etwas auf: Mary hatte gar nicht wissen können, dass mir dieses Kleid passte, sie hatte mich ja nie darin gesehen! John musste ihr erzählt haben, wie gut mir die ungewöhnliche Meerfarbe stand, und sie überredet haben, es mir statt des anderen Kleids zu schicken! Seine Aufmerksamkeiten, der rosengoldfarbene Ring, das Kleid … Warum tat er das alles für mich?

Ich musste dringend mit Mary darüber sprechen!

Zuvor stellte allerdings noch der Handschuhspanner meine Geduld auf die Probe. Immer und immer wieder schob ich den polierten Elfenbeinschnabel in die schmalen Finger der weißen Glacéhandschuhe und drückte dann vorsichtig die beiden Enden zusammen, damit sich das Gerät vorne öffnete und dabei das feine Leder dehnte. Richtig fest zu drücken traute ich mich nicht, wie leicht hätte das dünne Material zerreißen können! Aber diese verflixten Handschuhe waren selbst einer Puppe zu klein! Andererseits wollte ich nicht darauf verzichten …

Wasserdampf!

Kurz davor, verzweifelt aufzugeben, schlüpfte ich in die Küche. Von den Puddlewicks war weit und breit niemand zu sehen, vermutlich machten sie sich gerade in ihren Zimmern fertig. Sicherheitshalber zog ich mir zwei Schürzen über mein heiß geliebtes Kleid – eine hinten, eine vorne. Die Glut war schnell entfacht und bald brodelte in einer flachen Pfanne Wasser. In der Hitze des aufsteigenden Dampfs gelang es mir endlich, die Handschuhe so zu weiten, dass sie sich wie eine zweite Haut über meine Hände und Arme schmiegten.

In der Küchentür stolperte ich über Paris, der schon seinen Frack anhatte und wirklich sehr schön aussah. Anscheinend hatte er nach dem kargen Mittagessen Hunger und war auf der Suche nach etwas Essbarem.

»In diesem interessanten Kleid wirst du sicher die Ballkönigin werden! Ich freue mich schon auf unseren ersten Tanz!« Er lachte gut gelaunt und musterte die beiden Schürzen. Ich gab ihm einen Klaps und rauschte an ihm vorbei.

Vor dem Spiegel legte ich Marys edle Perlenkette um und steckte die Ohrringe an. Aus irgendeinem Grund, den ich selbst nicht kannte, zog ich den Schmuck wieder aus. Es fühlte sich einfach richtiger an und außerdem wollte ich meine Ohren nicht betonen, jeder würde sehen, dass sie etwas zu weit abstanden! Stattdessen nahm ich die drei Ringe von ihrem Samtbett, aber natürlich zog ich keinen an, sondern verwahrte sie tief in der Tasche, die seitlich in den Rock eingenäht war. Dann legte ich mir mein großes Wolltuch locker um die Schultern – es passte farblich nicht richtig, aber es kam von zu Hause! Im letzten Moment fiel mir auf, dass ich immer noch die beiden Schürzen und keine Schuhe trug. Paris hätte seine helle Freude gehabt, wenn ich allen Ernstes so losgegangen wäre! Es war aber auch zu dumm, dass der kleine Spiegel mich nur bis zu den Schultern zeigte. Ich hätte mich so gerne einmal ganz gesehen, bevor ich meinen Rock raffte und mit königlich geradem Rücken – etwas anderes wäre mit dem Korsett sowieso nicht möglich gewesen – in den Salon schritt.

Deswegen wurde ich auch etwas unsicher, als mich die drei anwesenden Puddlewicks einfach nur stumm anstarrten. Wir hatten uns hier zum gemeinsamen Abmarsch verabredet. Aeneas, Paris und Professor Puddlewick waren schon da.

»Stimmt etwas nicht?«, fragte ich vorsichtig, weil

keiner von ihnen etwas sagte. Ich sah an mir herunter, ob ich vielleicht doch vergessen hatte, die Schürzen abzulegen. Aber an meinem Körper schillerte grünblau und perlenweiß das Meerjungfrauenkleid. Oder war das Wolltuch doch zu unpassend?

»Mir fehlen die Worte«, stammelte Paris.

»Darauf warte ich, seitdem du angefangen hast zu sprechen! Dann darf *ich* der Prinzessin meinen Arm anbieten?« Aeneas trat auf mich zu und nahm meine Hand. Ganz ernst, fast ein bisschen traurig murmelte er: »Lizzy, du bist wunderschön!« Dabei machte er eine kleine Verbeugung vor mir und deutete einen Handkuss an. Dieser gut aussehende Junge, der wie Paris und sein Vater einen schwarzen Frack trug, schien das ganz ernst zu meinen!

»Moment mal! *Ich* möchte Lizzy zum Ball begleiten!« Jetzt schob sich Paris zwischen uns und nahm meine andere Hand. Aeneas, der sportlicher und schwerer als sein Bruder war, ließ sich nicht verdrängen. Dass die zwei sich nun um meine Begleitung stritten, war zwar sehr schmeichelhaft, aber nicht das, was ich wollte. Hilfe suchend sah ich mich zu Professor Puddlewick um, und der sprach aus, was ich insgeheim dachte: »Wo bleibt eigentlich Hektor? Paris, sieh doch mal in seinem Zimmer nach.«

Murrend zog Paris los, um den Befehl seines Vaters auszuführen. Kurz darauf kam er schulterzuckend zurück. »Weit und breit nichts von Hektor zu sehen. Außer seinem Frack, der hängt frisch gebügelt am

Schrank.« Dass Hektor verschwunden war, schien ihn nicht weiter zu berühren.

Professor Puddlewick schüttelte bedauernd den Kopf. »Er ist immer noch nicht von dem Gespräch mit diesem Baron Dingsda zurück? Der Bursche will sich wohl allen Ernstes vor dem Ball drücken. Ich habe es befürchtet!«

Nicht nur Paris freute sich offensichtlich darüber, sondern auch Aeneas lächelte jetzt sehr zufrieden vor sich hin. Nur in mir stürzten gerade die schönsten Hoffnungen und Träume zusammen. Dankbar hakte ich mich bei Professor Puddlewick unter, der mir fürsorglich seinen Arm bot. Ihm würden die Tränen nicht auffallen, die mir gegen meinen Willen aus den Augen tropften.

20. Kapitel

Am Anfang war der Kuss.

Der alte Kasten strahlte wie ein Weihnachtsbaum. Wir hatten den Hof überquert, das College-Gelände durch die Pforte verlassen und waren von der Straßenseite aus zum Haupteingang der Provost-Villa gelaufen. Auf dem kurzen Weg war mein Unglück über Hektors Verschwinden von einer gewaltigen Nervosität vertrieben worden, und angesichts der zahlreichen Kutschen, der in prächtige Pelze gekleideten Gäste und der geschäftigen Dienerschar auf dem Vorplatz wurde dieses Gefühl nicht gerade besser. Es gab so vieles, was ich falsch machen konnte! Ich beschloss, mich an Professor Puddlewick festzuhalten, bis ich endlich bei Mary war.

Gleich in der Eingangshalle begrüßte uns ein Sekretär des Provost und nahm die goldgeprägte Einladung entgegen, deren Druck allein vermutlich schon ein Vermögen gekostet hatte. Stattdessen gab er mir eine Tanzkarte, auf der sich später die Herren ihre Tänze reservieren würden, und machte Häkchen hinter unseren Namen in dem seitenlangen Gästeverzeichnis. Ich atmete auf: Provost Dempsey hatte tatsächlich Lord Bourings Wunsch erfüllt und *Miss Helena Puddlewick* auf die Liste setzen lassen!

Staunend sah ich mich um. Schon einmal hatte ich hier gewartet, vor ungefähr zwei Jahren, als ich fälschlicherweise an der blutrot lackierten Eingangstür geklingelt hatte, um eine Nachricht für Provost Dempsey abzugeben. Was ein Riesenglück war, denn damals hatte ich Mary kennengelernt!

Das ganze Haus schien aus massiven Steinblöcken zusammengesetzt, selbst in seinem Inneren sahen die Wände aus, als würden sie aus einzelnen wuchtigen Quadern bestehen. Mich fröstelte und nur ungern gab ich dem Diener, der herbeisprang, um Hüte, Umhänge und Schals entgegenzunehmen, mein Wolltuch. Jetzt gab es kein Zurück mehr!

»Keine Sorge, mein Kind, das sind alles nur Menschen wie du und ich. Der einzige Unterschied besteht darin, dass sie zufällig etwas reicher sind!«, flüsterte mir Professor Puddlewick ins Ohr. »Aber die meisten könnten froh sein, wenn sie auch nur halb so viel Herz und Verstand wie du hätten!«

Diese freundliche Bemerkung beruhigte mich ein bisschen, trotzdem kam es mir so vor, als würden sich einige der Gäste nach mir umdrehen und mich neugierig mustern. Manche tuschelten hinter ihren Fächern. Sprachen sie etwa über mich?

»Natürlich sprechen sie über dich. Sie fragen sich, wer diese schöne Prinzessin ist, die sie noch nie auf ihren Gesellschaften gesehen haben«, erklärte mir Aeneas charmant und machte dabei ein sehr ernstes Gesicht. Dabei schwindelte er bestimmt, um mir die Angst zu nehmen! Ich versuchte, so vornehm wie möglich mein Kleid zu raffen und schritt neben Professor Puddlewick vor Aeneas und Paris die geschwungene Marmortreppe unter dem riesigen ovalen Oberlicht in den oberen Stock hinauf.

Dort begrüßten der Provost und seine Familie, Lord Bouring und der Earl of Leicester mit seiner Tochter die neu angekommenen Gäste. Wir gehörten anscheinend zu den Letzten, denn überall bewegten sich schon wunderschöne Frauen in ihren rauschenden Kleidern und elegante Herren zwischen den beiden Festsälen hin und her. Manche trugen Champagnergläser, die im Licht der Kronleuchter mit den Perlenketten und Diademen um die Wette funkelten. Dadurch, dass die Männer alle schwarz gekleidet waren, kamen die herrlichen Farben und Schnitte der Damenroben noch besser zur Geltung.

Zwischen ihren Eltern konnte ich endlich Mary und John erspähen, trotzdem graute mir vor der Begrüßung. Wie würden sich Provost Dempsey und seine Frau verhalten? Und was hatte ich von Lord Bouring zu erwarten? Der Provost wechselte gerade noch ein paar Worte mit einem hübschen, etwas blassen Fräulein, das ein Sternencollier aus Brillanten um den schlanken Hals trug.

Wenigstens kann der anmaßende Kerl meinem Hektor jetzt keine reichen Frauen vorstellen, vielleicht ist es doch von Vorteil, wenn er nicht kommt, dachte ich, als wir auch schon an der Reihe waren, um mit den Gastgebern die Begrüßungsfloskeln auszutauschen.

Professor Puddlewick war gleich vor Mrs Dempsey stehen geblieben, um seine beiden Söhne und mich vorzustellen. Wie ich dieses Gesellschaftsspiel hasste! Ich wollte am liebsten Mary um den Hals fallen und mich bei ihr für das herrliche Kleid bedanken! Aber das durfte ich ja nicht! Mary lächelte mir aufmunternd zu. Sie trug tatsächlich das fliederfarbene Kleid mit den komplizierten Falten und schwarzen Samtbändern, das wir ursprünglich für mich ausgesucht hatten. Es stand ihr ganz hervorragend, sie wirkte darin wie eine verwegene ungarische Husarin!

John strahlte nicht weniger als seine Schwester, als er mich erblickte.

Professor Puddlewick zögerte kurz. Er schien unsicher, in welcher Reihenfolge nun wer wem vorgestellt werden sollte. Doch bevor er einen Ton herausbringen konnte, zeigte die Dame des Hauses mit dem Fächer auf mich und hauchte entsetzt: »Das Kleid!« Ich hoffte, sie würde auf der Stelle ohnmächtig werden, aber diesen Gefallen tat sie mir nicht. Im Gegenteil! Sie packte Mary hart am Oberarm und zischte ihr aufgeregt etwas ins Ohr.

Mary blieb ganz ruhig. »Was für ein seltsamer Zufall, liebe Miss Puddlewick!«, sagte sie ganz gelassen, aber so, dass es alle Umstehenden hören konnten. »Beinahe hätte ich ein *sehr* ähnliches Kleid getragen. Es war mir leider selbst nach einigen Änderungen immer noch etwas zu weit! Na, Glück im Unglück. Haben Sie auch bei Worth schneidern lassen?«

Mrs Dempseys maskenhaftes Gesicht verzog sich zornig, als sie ausrief: »Ein Skandal! Diese Frechheit werde ich nicht akzeptieren …« – aber erst als sie den Satz beendete, kapierte ich, dass sie gar nicht mich meinte – »… ich habe zum letzten Mal bei Worth eingekauft!« Dann sagte sie zu mir: »Unter uns gesagt, liebe Miss Duddlewick, das sollten Sie auch nicht mehr tun. Stellen Sie sich vor – zweimal das gleiche Kleid auf einem Ball! Was für eine Blamage!«

Durch die schockierten Ausrufe seiner Frau war nun auch Provost Dempsey auf uns aufmerksam geworden. Natürlich erkannte er mich sofort, und leider auch Marys Kleid. Er konnte sich ausrechnen, wie ich dazu gekommen war. Seine eigenen Kinder hatten ihn hintergangen! Ich sah, wie Provost Dempsey augenbrauenrunzelnd mit den Kiefern malmte und war auf das Schlimmste gefasst. John konnte seine Freude über den gelungenen Streich kaum verbergen und grinste bis über beide Ohren, als er an seinen Vater gewandt sagte: »Man sollte sich wirklich beschweren. Zweimal dasselbe Modell! Schließlich lässt Mama ihre eigene Garderobe doch extra aus Paris kommen, damit das nicht passiert!« Ich staunte, mit wie viel Dreistigkeit er darauf setzte, dass sein Vater vor seinen Gästen keine Szene machen würde. Und John hatte richtig gepokert. Zwischen zusammengepressten Zähnen zischte Dempsey seinen Sohn an: »Wir sprechen uns später, mein Lieber.« Dann nickte er uns kurz zu und wünschte uns unwirsch »Einen schönen Abend«.

Umso fröhlicher winkte uns der alte Earl Leicester zu. Mit leuchtenden Augen sagte er zu mir: »Ich habe schon die Musikanten entdeckt, gleich wird hier aufgespielt. Dann könnt ihr hübschen jungen Leute miteinander tanzen! Meine Rosalia ist auch ganz wild darauf.« Tatsächlich hatte seine dicke Tochter auch schon einen Tanzpartner im Visier. Den nicht weniger dicken Lord Bouring, der übrigens als Einziger der Herren keine weiße, sondern eine lächerlich wirkende dottergelbe Weste zu seinem Frack trug!

Vor der Begegnung mit ihm hatte ich mich ganz umsonst gefürchtet. Seit dem Augenblick, da die rothaarige Lady Rosalia am Vormittag aus der Kutsche gestiegen war, hatte er die Welt um sich vergessen. Und das hatte sich bis zum Abend nicht geändert. Er erinnerte mich an den irischen Wolfshund meines Onkels, wenn der sich in eine schöne Hundedame verliebt hatte. Mit ähnlich glasigem Ausdruck in den Augen konnte der Lord nicht mehr davon ablassen, an Lady Rosalia herumzuschnüffeln. Wäre ich darüber nicht so unendlich erleichtert, wäre es fast beleidigend gewesen: Er schien mich gar nicht mehr zu erkennen! Aber natürlich freute ich mich darüber, denn etwas Besseres hätte mir und vor allem Mary gar nicht passieren können!

Professor Puddlewick und seine Söhne waren so froh wie ich, dass wir die angespannte Begegnung mit dem Provost hinter uns gebracht hatten. Im minzgrünen Speisesaal wartete ein Büfett auf die Gäste, wie ich mir es nicht hätte erträumen können. Wenn die Köchin so wie ich nach Mrs Beetons Rezepten kochte, dann hatte sie vermutlich alle tausend aufgetischt. Na ja, nicht alle, aber fast!

Paris überschaute die Lage auf einen Blick. Innerhalb kürzester Zeit hatte er sich einen Teller geschnappt und die köstlichsten der Köstlichkeiten darauf getürmt: Austern, gebratener Fasan, überbackene Filetmedaillons, Hummersalat, Krebsscheren und Wildpastete mit Preiselbeeren. Selig schmatzend erklärte er mir: »Mhm, ist das lecker ... hier, möchtest du mal probieren?« Schon schob er mir ein rosa marmoriertes Stückchen Fleisch in den Mund. »Du solltest dich stärken, bevor wir tanzen ... Also diese Krebsschwänze sind zu gut, die musst du auch mal machen! Ich hol noch welche, bevor alle weg sind.«

Mir wurde etwas übel, was nicht an den Krustentieren lag. Die furchtbare Aussprache mit Mary stand immer noch bevor. Von Weitem sah ich den Provost und Mrs Dempsey am Kamin stehen, anscheinend waren nun alle Gäste angekommen. Alle außer Hektor ... Ich gab mir einen Ruck. Auf der Stelle musste ich Mary finden und ihr endlich die Sache mit dem Ring gestehen! Sie sollte darauf gefasst sein, dass Paris mich um den ersten Tanz bitten würde. Doch bevor ich mich auf die Suche nach ihr machen konnte, packte mich eine schmale Hand in weißem Handschuh am Handgelenk und zog mich mit sich. Über die Schulter rief Mary Aeneas, der die ganze Zeit ernst neben mir gestanden hatte, als müsste er auf mich aufpassen, zu: »Du bekommst sie gleich wieder!«

»Mädchen!«, konnte ich ihn gerade noch sagen hören und sehen, wie er lächelnd den Kopf schüttelte.

»O Lizzy, du siehst sooo schön aus! John hat nicht übertrieben!«, begann Mary, nachdem sie mich in eine Nische im Treppenhaus gezogen hatte.

»Ich muss dir unbedingt etwas sagen!«, platzte ich heraus. Dann bemerkte ich, wie unhöflich das war. Ich umarmte Mary. »Danke! Was du heute Nachmittag für mich getan hast, ist das Schönste, was mir jemals im Leben passiert ist!«

Mary lächelte zufrieden. »Es war eigentlich Johns Idee, die Kleider zu tauschen. Ich glaube, er hatte Spaß daran, Vater endlich mal eins auszuwischen, und ich muss zugeben: ich auch! Dieses ganze Tamtam um das Kleid diente doch nur dazu, Lord Bouring zu beeindrucken.« Mary kicherte. »Der Plan ist gründlich schiefgegangen. Lord Bouring hat heute Nachmittag die Verlobung gelöst!«

»Das ist ja großartig, Mary!«

»Ja! Jetzt kann Vater nichts mehr gegen eine Verbindung mit Paris haben. Wer will schon ein Mädchen, das einen Korb bekommen hat? Ich bin froh, dass wir uns diese ganze Nacht-und-Nebel-Fluchtaktion sparen können. Obwohl ich mich langsam mit dem Gedanken angefreundet hatte!«

Ich schluckte. *Jetzt sag Mary schon die Wahrheit!* Mit einer Hand kramte ich in meiner Tasche nach den

Ringen. »Vor ein paar Wochen habe ich etwas auf meinem Tisch gefunden … genau genommen einen goldenen Ring«, begann ich zögernd.

Mary schrie auf und ich zuckte zusammen. »*Du* hast den Ring gefunden, was für ein Glück!« Ich stutzte. Freudestrahlend fuhr Mary fort: »Paris hat ihn schon überall gesucht! Er war ganz verzweifelt, weil er nicht mehr sicher wusste, wo er ihn hingelegt hat. Er wollte dich immer wieder fragen, aber du warst so beschäftigt.«

Meine Güte war ich dumm gewesen! Vor lauter Erleichterung musste ich Mary gleich noch einmal umarmen. »Ich freue mich so für dich! Aber wie habt ihr euch ausgesprochen? Der Drachen Gray saß doch ständig neben dir, nicht einmal ich bin mehr an dich rangekommen!«

Mary wurde kurz ernst. »Manchmal sagen Blicke mehr als tausend Worte. Als wir uns einfach nur noch ansehen durften und Paris keine Späße mehr machen konnte, war auf einmal alles ganz klar. Genau wie du immer gesagt hast! Gestern Abend, während der Aufregung um die Flecken auf dem Heiligen Johannes, konnten wir miteinander sprechen und Paris hat mir von dem verlorenen Ring erzählt. Hast du ihn dabei?«

»Nicht nur einen!« Ich zog alle drei Ringe aus der Tasche und gab Mary den goldenen. *Ihren* Ring, den Paris, dieser Schussel, auf meinen Platz gelegt hatte! Der Ring passte perfekt an ihren schmalen Finger. Dann erzählte ich meiner Freundin, wo und wann ich die beiden anderen Ringe gefunden hatte. Es tat so gut, endlich darüber sprechen zu können!

Gemeinsam überlegten wir, ob der zweite, der aus Rosengold, wirklich von John sein konnte.

»Hmm«, meinte Mary nachdenklich, »das wäre schon möglich. Er hat Mama vor Kurzem um zehn Pfund angebettelt, die er dringend bräuchte. Er wollte aber partout nicht sagen, wozu. Wir dachten, er hätte vielleicht Spielschulden. Mama hat ihm das Geld schließlich gegeben, sie hat so viel Angst vor seinem Zorn.«

Ich drehte den Ring zwischen den Fingern. »Warum macht er das alles? Der Ring, das Kleid …«

»Bei jedem anderen würde ich sagen, er hat sich Hals über Kopf in dich verliebt, als er dich in diesem Kleid gesehen hat. Aber John? Bisher hat er immer alles aus Berechnung getan! Kann er sich so geändert haben?« Mary traute ihrem eigenen Bruder nicht, das war nicht zu überhören.

»Lass uns in den Ballsaal gehen!«, schlug sie vor. »Wir werden sehen, wer sich als Erster auf deiner Tanzkarte einträgt!«

Ich wollte ihr gerade folgen, da fiel mir zwischen den Menschen, die jetzt aus dem Speisesaal strömten, eine junge Frau auf. Sie stand ganz still, anmutig und gleichzeitig etwas fremd mitten im Trubel. Verwundert sah sie zu mir herüber. Im Gegensatz zu den anderen trug sie weder Schmuck noch Schminke, und das braune Haar war zu einem lockeren Knoten geflochten. In ihrem blaugrünen Kleid sah sie so unwirklich aus wie eine Meerjungfrau …

Ich erschrak, als ich verstand, dass ich mich gerade selbst im Spiegel erblickt hatte.

Mary wartete am Rande des großen Ballsaals, den ich kurz nach ihr durch eine der beiden Flügeltüren betrat. Der Geruch von Parfüm, Rasierwasser und warmem Wachs mischte sich zu einem festlichen Duft in meiner Nase. Hunderte von Kerzen beleuchteten die gewölbte Zimmerdecke, die über und über mit Stuckrosetten verziert war. Sie wurde von vier hohen, kannelierten Säulen, die frei an den Schmalseiten des Raums standen, getragen. Das rötlichbraune Parkett spiegelte den Schein der Kerzen wider. Vor den mittleren Fenstern war ein kleines Podest aufgestellt, auf dem die Musiker ihre Instrumente stimmten. Wie aufgeregte Mädchen plapperten die beiden Geigen, die Bratsche und das Cello durcheinander. Dazwischen quäkte etwas näselnd eine Klarinette, untermalt von der flehentlichen Stimme der Querflöte. Seite an Seite mit Mary fühlte ich mich immer sicherer und auch der Blick in den Spiegel hatte mir Selbstvertrauen gegeben. Neugierig sah ich mich um. Wer würde mich zum Tanz bitten? Insgeheim hoffte ich immer noch darauf, dass Hektor in letzter Sekunde auftauchen würde.

Aber es war John, der geradewegs auf mich zueilte! Die Leute bildeten eine kleine Gasse, um den Sohn des Provosts vorbeizulassen, und sahen ihm nach. Alle waren gespannt, wen er wohl auffordern würde, und einige Mädchen kicherten aufgeregt. Sicher hätte ihn jede von ihnen gerne zum Tanzpartner gehabt! Aber John machte direkt vor mir eine kleine Verbeugung. Vor mir, dem irischen Hausmädchen! Seine schwarzen Haare glänzten wie seine Lackschuhe, als er mit leicht hochgezogener Augenbraue fragte: »Schöne *Helena,* würdest du mir die Ehre erweisen und mir deine Tanzkarte geben?« John riskierte schon so viel Ärger mit seinem Vater, nun wollte er vor aller Augen sogar mit mir tanzen?

Ich war so verdattert, dass ich ihm die Karte einfach ohne zu fragen hinstreckte. Im gleichen Moment stürmte Aeneas auf uns zu. In der Hand hielt er einen kleinen silbernen Bleistift. Wenn er dasselbe vorgehabt hatte wie John, kam er einen Augenblick zu spät, denn John hatte sich meine Tanzkarte bereits geschnappt.

»Tja, mein Lieber, diese Runde hat das Team Puddlewick leider verloren!«, sagte er schadenfroh zu Aeneas. Dann hielt er ihm die Hand hin und befahl herrisch: »Gib mir mal den Bleistift!«

Aeneas gab ihm etwas anderes: einen gewaltigen Kinnhaken.

Ich schrie auf und neben mir rief Mary: »Nein, nicht!«, gleichzeitig ging ein Raunen durch die Menge.

Schon kniete ich bei John, der durch den Schlag auf dem Boden gelandet war. Die beiden wollten sich doch nicht um den ersten Tanz mit mir prügeln? Ich ärgerte mich über Aeneas, weil er angefangen hatte. Das ging wirklich zu weit! »Ist alles in Ordnung?«, fragte ich

John besorgt und hielt ihm die Hand hin, um ihm aufzuhelfen.

Als sich unsere Finger berührten, sah ich, was Aeneas wohl kurz zuvor gesehen hatte: Große sepiabraune Tintenflecken verteilten sich über die Innenfläche von Johns rechter Hand. Er musste noch versucht haben, sie wegzuschrubben, denn sie waren etwas verblasst und die Haut war gerötet. Aber ganz hatte er den Beweis seiner Niederträchtigkeit nicht vernichten können! John hatte Hektors Heiligen Johannes ruiniert! Und er hatte den Verdacht ganz geschickt auf mich gelenkt, indem er so offensichtlich versucht hatte, ihn von mir abzulenken. Auf einmal setzten sich alle Einzelteile zu einem logischen Ganzen zusammen: Er machte das alles, weil er Hektor so hasste! Weil er vor Eifersucht auf ihn brannte. Selbst mich benutzte er nur zu diesem Zweck – er hatte die ganze Zeit gespürt, dass wir uns liebten!

Ich ließ Johns Hand los. Er verlor das Gleichgewicht und fiel erneut rücklings aufs Parkett. Diesmal war es mir egal. Mir war auch egal, was die Leute dachten. Ich griff in meine Rocktasche und riss die beiden Ringe heraus. Den Claddagh-Ring aus Rosengold warf ich vor Johns Füße auf den Boden.

Mit dem letzten, dem silbernen Ring in der Hand drehte ich mich zu Aeneas. Um ihm den Ring zurückzugeben und ihm klar und deutlich zu sagen, dass ich nicht mit ihm tanzen könne. Weil ich doch Hektor liebte.

Aeneas schrieb indessen seelenruhig mit dem kleinen Bleistift auf meiner Tanzkarte. Als Unterlage benutzte er dazu Paris' Rücken, der inzwischen auch im Ballsaal angelangt war. Er lachte fröhlich zu mir herauf, denn er hatte ja auch allen Grund, glücklich zu sein! Es tat mir wirklich weh, den armen Aeneas so enttäuschen zu müssen.

»Tut mir leid, Aeneas, ich werde nicht mit dir tanzen. Und den kann ich auch nicht behalten …« Unglücklich wollte ich ihm seinen silbernen Claddagh-Ring zurückgeben.

»Dann solltest du den Ring besser demjenigen zurückgeben, in dessen Auftrag ich ihn besorgt habe! Er wird allerdings recht enttäuscht sein, fürchte ich. Sonst hätte er mich wohl nicht gebeten, dich für ihn um den ersten Tanz zu bitten!« Mit einem entzückenden Lächeln reichte Aeneas mir meine Tanzkarte. Hinter der Nr. 1 stand in seiner schönsten Handschrift: *Hektor Puddlewick.*

Engelsgeigen jubilierten! Oder war es das kleine Orchester, das nun mit dem ersten Stück begann?

»Na, was nun? Wie lange willst du den armen Kerl noch im Ungewissen lassen?«, fragte Paris und legte den Arm um Marys Schultern. Aeneas drehte mich sanft herum und da sah ich ihn endlich: Im Schatten der hinteren Säule stand Hektor. Nervös knetete er die Hände ineinander und lächelte so schüchtern zu mir herüber, dass ich nicht mehr an mich halten konnte. Als ich in seine Arme flog, sah ich am Ringfinger seiner rechten Hand einen silbernen Claddagh-Ring blitzen.

»Am Anfang war das Wort«, schreibt Johannes.

Ich denke, er hat sich getäuscht. Am Anfang war der Kuss!

Ende

Nachwort

Vielleicht möchten manche gerne wissen, was aus allen geworden ist?

Lizzy und Hektor haben sich natürlich verlobt. Deswegen mussten sie die Wohnung auf dem College-Gelände verlassen – Paaren war es zu jener Zeit nicht erlaubt, dort zu wohnen. Stattdessen bezogen sie zusammen mit Professor Puddlewick, Aeneas und Paris ein kleines, aber gemütliches Haus am Mansion Square. Nach drei Jahren hatten sie zahlreiche Bücher für Baron von Roederer kopiert, Hektor war Assistent geworden und schloss sein Medizinstudium mit *summa cum laude*, mit höchstem Lob, ab. Als junges Ehepaar folgten sie seinem Traum, gemeinsam nach Indien zu gehen, wo Hektor ein Krankenhaus und Lizzy eine kleine Schule gründete. Sie hätte sich manchmal gewünscht, dass ihr Mann weniger ernst wäre und mehr Zeit für sie hätte, aber ansonsten liebten sie sich sehr. Den silbernen Ring schenkte Lizzy ihrer ältesten Tochter zur Verlobung, so wie es alle Frauen aus Claddagh* seit Hunderten von Jahren machen.

Aeneas blieb unverheiratet und konnte einige Pokale auf das meist verstaubte Bücherregal seines Vaters stellen.

* Unter www.claddaghring.ie kann man auch direkt bei Thomas Dillon in Galway das Original bestellen und gleichzeitig ein kleines virtuelles Ringmuseum besuchen.

Paris und Mary mussten noch eine Zeit lang warten, bis sich Provost Dempsey beruhigt hatte und der Verlobung mit knirschenden Zähnen zustimmte. Die beiden zogen gemeinsam in das fröhliche Haus der Puddlewicks, wo Mary zwar unter ihrem Stand, aber überglücklich lebte. Paris hatte so viel Spaß in der Theatergruppe der Studenten, dass er die Schauspielerei zu seinem Beruf machte. Es gelang ihm sogar, schwierige Rollen auswendig zu lernen.

John hat gleich nach dem Ball eine ordentliche Standpauke von seinem Vater zu hören bekommen. In diesem Fall zu Recht. Er schloss sein Studium mit Hängen und Würgen ab, danach zog er es allerdings vor, sich mit reichen Freunden zu vergnügen. Als er irgendwann sein Vermögen komplett verplempert hatte, heiratete er ein reiches, unscheinbares Mädchen, das er sicherlich betrog.

Lord Bouring bekam mit Lady Rosalia zahlreiche dickliche Kinder.

Provost Dempsey und seine Frau lebten die meiste Zeit alleine in ihrer viel zu großen Villa. Glücklich waren sie wohl kaum.

Und Miss Gray? Provost Dempsey kündigte ihr fristlos, weil er eine Schuldige brauchte. Man glaubt es kaum: Als Mary und Paris ihr erstes Kind bekamen, boten sie ihr eine Stelle als Nanny an. In dem fröhlichen Haushalt der Puddlewicks wurde aus ihr eine nette, liebevolle Frau.

Ein romantisches Dinner für Lizzy und Hektor

(und für alle anderen Liebespaare)

Mushroom Soup (Pilzsuppe)

Roastbeef mit Minzsoße,

Karottengemüse und Yorkshirepudding

Apple Crumble

Mushroom Soup

150 g frische Champignons
2 EL Butter
3 EL Mehl
ca. 300 ml Hühnerbrühe (entweder Hühner-Fond im Glas kaufen oder einen Suppenwürfel in 300 ml kochendem Wasser auflösen)
150 ml Sahne
Salz und Pfeffer
1 TL Zitronensaft
1 EL gehackte Petersilie (gibt es auch tiefgefroren)

Die Pilze putzen, die braunen Enden vom Stiel abschneiden und in möglichst kleine Stücke hacken oder mit dem Pürierstab (eine Erfindung, von der Lizzy nur träumen kann …) zerhäckseln. In einem nicht zu großen Topf die Butter schmelzen lassen und dabei das Mehl einrühren, bis alle Klumpen aufgelöst sind. Nun ganz langsam unter Rühren die Hühnerbrühe dazugießen und aufkochen lassen. Pilze und Sahne dazugeben, ca. 5 Min. köcheln lassen. Mit Salz, Pfeffer und Zitronensaft würzen. Auf vorgewärmten Tellern anrichten und Petersilie darüberstreuen.

Roastbeef mit Minzsoße,
Karottengemüse und Yorkshirepudding

Die Soße

3 EL fein gehackte frische Minze
3 EL kochendes Wasser
1 EL weißer Balsamico-Essig
1 TL Zucker

Alle Zutaten vermischen und ziehen lassen. Die Minzsoße kann man gut vorher vorbereiten!

Der Braten

500 g Rinderlende (am besten den Metzger nach einem geeigneten Stück fragen; größere Stücke werden zarter und können gut kalt gegessen werden; sind aber auch teurer)
Senfpulver
Salz und Pfeffer
Öl oder Butter zum Anbraten

Das Fleisch mit Senfpulver, Salz und Pfeffer einreiben. Den Backofen auf 250 °C/Gas Stufe 8 vorheizen. In eine kleine, gefettete Bratform legen und auf mittlerer Schiene 10 Min. sehr heiß braten, danach auf 180 °C/Gas Stufe 4 zurückschalten und 25 Min. im Ofen lassen. Ab und zu das Roastbeef mit dem Saft, der sich auf dem Boden der Bratenform sammelt, beträufeln. Der Braten sollte innen noch etwas rosa sein! Herausnehmen, in eine Alufolie wickeln und warm stellen.

Das Karottengemüse

3 Karotten
1 EL Butter
1 TL Zucker
Salz, Pfeffer

Die Karotten schälen und in Scheiben schneiden. Die Butter in einem kleinen Topf zerlassen und den Zucker darin schmelzen. Gemüse, Salz und Pfeffer und eine halbe Tasse Wasser dazugeben und ca. 15 Min. mit geschlossenem Deckel dünsten lassen. Ab und zu nachsehen, ob noch genug Flüssigkeit vorhanden ist!

Der Yorkshirepudding

150 g Mehl
2 Eier
Salz und Pfeffer
¼ l Milch

Mehl, Eier, Salz und Pfeffer und etwas Milch in eine Schüssel geben und verrühren. Nach und nach die restliche Milch dazugießen, so bilden sich keine Klumpen. Etwas von dem Bratensaft des Roastbeefs in eine kleine Auflaufform geben (oder gleich die Bratform verwenden!) und den Teig darauf verteilen. Auf der obersten Schiene bei 200 °C/Gas Stufe 5 ca. 20 Min. goldgelb backen. Den Yorkshire-Pudding in Quadrate und das Fleisch in Scheiben schneiden, mit den Karotten und einem Klecks Minzsoße auf Tellern anrichten. Sofort servieren, denn der Yorkshirepudding sollte nicht zu lange stehen!

Apple Crumble

(Am besten als Erstes vorbereiten, aber erst backen, während man das Hauptgericht genießt.)

3 säuerliche Äpfel, z. B. Boskop
120 g brauner Zucker
etwas Zimt
abgeriebene Schale und Saft einer Zitrone
80 g Butter
120 g Mehl
½ Becher Schlagsahne

Die Äpfel schälen, in Spalten schneiden und entkernen. Mit 50 g braunem Zucker, Zimt, der abgeriebenen Zitronenschale und Saft der Zitrone in einem geschlossenem Topf 10 Min. andünsten. Evtl. etwas Wasser dazugeben!

Eine Auflaufform dick mit Butter einreiben, die Apfelspalten darauf verteilen. Butter, Mehl und den restlichen Zucker mit den Fingern zu Krümeln verkneten und auf die Äpfel streuen. Eine halbe Stunde bei 170 °C/Gas Stufe 3 backen, bis die Streusel goldbraun sind. Mit frisch geschlagener Sahne warm servieren!

… und noch ein Nachwort zu Menü und Historie

Bis auf den *Apple Crumble,* den schon Lizzys Großmutter so gebacken hat, finden sich alle Rezepte in *Mrs Beeton's Household Management,* einem Ratgeber für Hausfrauen, der 1861 erschienen ist. Allerdings wurden Mengen, Zutaten und vor allem die Verarbeitungsweise etwas der heutigen Zeit angepasst.

Im ausgehenden 19. Jahrhundert, also in der Zeit, in der Lizzys Geschichte spielt, wurden die ersten elektrischen Haushaltsgeräte wie der Vakuumsauger erst erfunden und auf den großen Weltausstellungen in London und Paris vorgeführt. Nur sehr reiche Leute konnten sich damals solche technischen Apparate, fließendes Wasser, Gasöfen und elektrischen Strom in ihren Häusern leisten. In Irland waren das überwiegend Engländer, die die herrliche grüne Nachbarinsel seit dem 15. Jahrhundert beherrschten. Die meisten Iren lebten dagegen in allergrößter Armut. So verhungerten bei der schrecklichen Hungersnot in der Mitte des 19. Jahrhunderts – die gesamte Kartoffelernte war verfault – mehr als eine Million Menschen. Und gleichzeitig verkauften damals die englischen Großgrundbesitzer Fleisch und Getreide nach England! Kein Wunder, dass Queen Victoria, die über sechzig Jahre lang das riesige britische Reich mit seinen vielen Kolonien in aller Welt regierte, bei den meisten Iren nicht besonders beliebt war!

Familien wie die Puddlewicks, die Menschen nicht nach ihrem gesellschaftlichen Stand bewerteten und sich nicht um die komplizierten Benimmregeln scherten, waren zu jener Zeit sicher noch die Ausnahme. Doch gegen Ende des Viktorianischen Zeitalters wurden nicht nur die wichtigsten Erfindungen gemacht, es begannen auch große gesellschaftliche Veränderungen. Frauen befreiten sich aus ihren schönen, aber unpraktischen Kleidern, stiegen in Hosen und aufs Fahrrad und kämpften endlich um ihre Rechte. 1903 wurden die ersten Studentinnen am Trinity College in Dublin zugelassen. Dass das damals eine echte Sensation war, kann man sich heute kaum mehr vorstellen, denn inzwischen steht das große Eichentor allen Besuchern und Studenten weit offen, egal welches Geschlecht, welche Nationalität und welche Religion sie haben! Wenn ihr mal in Dublin seid, solltet ihr euch also auf keinen Fall das College und seine herrliche Bibliothek entgehen lassen, in der immer noch die älteste Harfe Irlands und das *Book of Kells* ausgestellt werden. Vielleicht ist ja gerade Hektors schönste Seite, das *Porträt des Heiligen Johannes*, aufgeschlagen!

Guten Appetit und ein romantisches Abendessen wünscht allen Verliebten!

Helen Abele

Danksagung

Meinen herzlichen Dank an Jane Maxwell, Assistant Librarian im Trinity College, Dublin, die mir mit viel Geduld und sachkundigen Informationen geholfen hat, und an meine Lektorin Heike Brillmann-Ede!

Acknowledgements

I am deeply grateful to Jane Maxwell, Assistant Librarian at the Trintiy College, Dublin, who kindly supported me with my search for useful information. And I would like to express my gratitude to my editor Heike Brillmann-Ede.

Abele, Helen:
Ein Herz auf Flügeln zart
ISBN 978 3 522 50223 8

Einbandgestaltung: Xenia Schmidt
Einbandtypografie: init. büro für gestaltung, Bielefeld
Innentypografie: Kadja Gericke
Schrift: Aldus, Weiss, MrsEaves
Satz: KCS GmbH, Buchholz/Hamburg
Reproduktion: Medienfabrik, Stuttgart
Druck und Bindung: Friedrich Pustet, Regensburg

5 4 3 2 1° 10 11 12 13

www.planet-girl-verlag.de